KB114640

작별 인사는 아직이에요

작별 인사는
아직이에요

김달님 지음

어떤
책

프롤로그

할머니 할아버지 삶에 이상이 생겼음을 느낀 것은 작년 여름이었다. 8월에 접어들면서 할아버지는 평소답지 않게 몸이 아프다거나 힘들다는 이야기를 자주 꺼냈다. 할아버지는 큰 수술이 아니면 내색하지 않는 사람이라 백내장과 고관절 수술을 했을 때도 다 끝나고 나서야 할머니를 통해 알게 되었다. 왜 내게 말하지 않았냐 물으면, 할아버지는 알아서 다 했으니 걱정 말라고만 말했다. 할아버지는 알아서 제 삶을 꾸려가는 사람이었고, 덕분에 한 달에 한두 번 두 사람의 얼굴을 보며 그들의 삶을 자주 모른 체할 수 있었다.

그런 할아버지가 더 이상 견디기 힘들다고,
수화기 너머로 울었다.

　그즈음 할아버지가 자주 이야기한 통증은 숨이 차고 어
지럽다는 거였다. 가만히 앉아 있어도 숨이 잘 쉬어지지 않
아 밤엔 잠을 잘 수도 없다고 했다. 시간이 더 지나선 몸에서
음식이 받질 않는다고 했다. 할아버지는 짧은 사이 눈에 띄
게 말라 갔다.

　아버지와 나 모두 집에서 두 시간 떨어진 거리에 살고
있었기 때문에 평일엔 할아버지의 상황에 따라 구급차를 부
르거나 아버지와 내가 일을 멈추고 집으로 찾아갔다. 한동안
주말엔 할머니 할아버지 집에서 지내면서 그들 곁에 머물렀
지만 모든 시간을 함께할 수는 없었다. 아버지와 내가 집에
없는 시간에 응급 상황은 불쑥 찾아왔고 각자의 삶으로 돌아
가 있던 우리는 늘 한 발 이상 늦었다.

　며칠에 한 번씩 할아버지가 병원에 갈 일이 생겼다. 링
거를 맞고 누워 있는 동안엔 기력이 조금 나아지는 모습을
보였기에 아버지는 할아버지에게 며칠만이라도 입원해 계시
라 권했다. 하지만 그때마다 할아버지는 링거를 다 맞고 나
면 무조건 집으로 돌아가겠다고 했다. 대체 왜 그러시느냐고
묻는 내 말에 할아버지는 대답했다. 네 할머니 혼자선 아무

것도 할 수 없다고.

　두 사람이 사는 집은 경주 시내에서 한 시간 떨어진 산동네에 콕 박혀 있다. 1997년 할아버지가 직접 지은 빨간 벽돌집은 할머니 할아버지가 평생 처음으로 가진 자신들의 집이었다. 그들의 손에서 자란 내가 스무 살이 되어 집을 떠난 뒤에는 두 사람만 그 집에 남아 살았다. 자가용이 없으면 가까운 슈퍼 가는 일도 어려운 외진 곳이지만 할아버지가 운전을 할 수 있어 괜찮았고, 여름엔 바람이 시원하고 겨울엔 연탄 보일러를 때서 바닥이 데일 만큼 뜨거워지는 벽돌집을 두 사람은 사랑했다.

　다리가 불편한 할머니가 목발에 의지해 일궈 온 집안 살림을 할아버지 손에 넘긴 뒤로 10년이 넘는 시간 동안 그 집에서 할아버지는 두 사람의 몫을 성실하게 책임지며 살았다. 그들이 여든을 바라보고 나도 서른을 앞두게 되었을 때 두 사람의 건강이 이전과 다른 속도로 나빠지고 있다고 느꼈지만 내 일상을 멈출 정도는 아니었다. 어쩌면 내가 예민하게 느끼지 못했을 뿐 할아버지의 무리로 지켜 온 그들의 삶이 균형을 잃은 것은 작년 여름보다 더 이른 시점이었을지도 모른다.

　할아버지의 무릎이 꺾이면서 두 사람의 생활은 빠르게

무너졌다. 할아버지는 초기 치매와 우울증, 수면장애를 앓고
있었고 할머니는 몇 년 전 진단받은 치매에 불안감이 겹치면
서 이상행동 증세를 보였다.

두 사람의 소중한 보금자리였던 집은
누구의 도움 없인 제때 식사를 할 수도,
병원에 갈 수도 없는 곳이 되었다.
그 집에서 두 사람의 삶이 고립되었다.

　　8월부터 두 달간 일반 병원의 입원과 퇴원을 반복하면
서 두 사람의 상황은 점점 더 나빠졌다. 며칠 만에 마주한 얼
굴이 전보다 야위어 있을 때마다 마음이 무너졌다. 9월이 지
나 할머니가 스스로 대소변을 조절하지 못하고 가끔씩 나를
알아보지 못했을 때, 할아버지가 아무것도 기억나지 않는다
며 울던 얼굴로 바라볼 때 느꼈던 절망을 기억한다. 지금껏
한번도 겪어 본 적 없는 좌절이었다. 더 늦기 전에 아버지와
나는 두 사람에게 어떻게 책임과 최선을 다할 것인지 결정해
야 했다. 미숙하고 두려웠던 그때의 아버지와 나의 얼굴이
떠오른다.

　　10월, 내가 사는 도시의 요양병원으로 두 사람이 입원했
다. 8인실 병동에 병원복을 입은 채 누워 있는 두 사람을 두

고 돌아서던 밤. 포기가 아니라 최선이라 생각했지만 그들을 두고 떠난다는 기분을 지울 수 없었다.

그날 이후 거의 매일 두 사람을 보러 병원으로 갔다. 처음엔 책임이었지만, 나중엔 삶이 되었다. 병원에서 나는 두 사람의 보호자로 불렸고, 처음으로 내 부모의 보호자로 살아가는 동안 낯선 질문과 수없이 마주했다.

> **병원으로 오기 전 두 사람은 어떤 질병을 앓고 있었나요.**
> **각각의 증상은 언제부터였나요.**
> **복용하는 약 종류를 알고 계신가요.**
> **혹시 우울증 약 드시는 거 알고 계셨나요.**
> **노인장기요양 등급은 받으셨나요.**
> **몇 등급인가요.**
> **비급여 약물을 처방해도 될까요.**
> **환자가 공격적인 성향을 가지고 있는 점 알고 계신가요.**
> **환자는 무엇을 할 때 기분이 좋아지나요.**
> **요양원으로 옮길 계획이 있으신가요.**

요양병원과 요양원의 차이도 제대로 알지 못해 헤맸던 나는 비교적 쉬운 질문들 앞에서도 자주 당황해서 말을 더듬거렸다. 두 사람에 관해 알고 있는 것을 묻는 질문에는 대부분 잘 모르겠다거나 정확하지 않다고 대답했다. 그동안 내가 그들에 관해 안다고 생각했던 건 무엇이었을까. 대답을 하는 동안 그들의 삶에서 내가 얼마나 떨어져 있었는지 실감하게 됐다. 때로 어떤 질문들 앞에선 잠시 숨이 멎는 기분이 들었다.

환자의 이상행동 증세가 지속될 경우 손을 묶을 수도 있다는 데 동의하시나요.
야간에 치매 증세가 심하게 나타날 경우 진정제를 추가 투약하는 것에 동의하시나요.
환자에게 응급 상황이 닥쳤을 경우 기도삽관, 심폐소생술과 같은 연명치료를 하지 않는 것에 동의하시나요.

보호자의 자격으로 두 사람의 삶을 결정하는 듯한 질문을 듣는 일은 매번 두려웠다. 이런 질문들 앞에서 어떤 대답을 하는 게 옳은지는 아직도 잘 모르겠다. 두 사람이 아닌 내가 대신 대답해도 되는 것인지도 여전히 의문으로 남아 있다. 다행히 긴 시간을 함께 보내며 대답하고 싶은 질문들도 생겨났다.

처음으로 할머니의 머리를 빗겨 주고, 밥을 먹여 주고, 씻겨 주고, 기저귀를 갈아 주는 동안 내가 아이였을 때 할머니의 시간은 어땠을지 자주 궁금해졌다. 그때 할머니는 어떤 기분이었는지, 내가 모르는 어떤 시간을 살아왔는지. 오래전 할머니가 내 머리를 묶어 주고 밥을 먹여 주던 날들이 떠오르는 날엔 내가 당신의 시간을 물려받은 기분이 들었다.

병원이 아닌 집에서 죽음을 맞고 싶다는 할아버지와 갈등을 겪는 동안엔 내게 아주 먼일과 같았던 노년과 죽음에 대해 스스로 질문하게 됐다. 어떻게 늙음을 받아들이고 어떤 죽음을 선택할지는 결국 삶에 대한 질문임을 잊지 않고 살아가고 싶다.

보호자로 사는 동안 종종 이번이 두 번째 경험이면 좋겠다는 생각을 했다. 그럼 실수를 덜할 수 있을 텐데, 더 잘할 수 있을 텐데. 하지만 어떤 자식도 늙은 부모의 보호자로 사는 시간을 미리 겪을 수 없다. 모두가 그런 시간은 준비 없이 처음 맞는다. 그러므로 이 책에는 자주 좌절하고 가끔 안도하면서 최선을 다하고 싶었던 어느 젊은 자식의 기록이 담겨 있다.

서른한 살 여름,
나는 나보다 50년 늙은 부모의
보호자가 되었다.

차례

1장

무너지는
시간들

성명: 김홍무(남성)

나이: 만 79세

병명: 상세불명의 혈관성 치매

환자상태: 상기 진단으로 투약중으로 기력저하,

전신 위약감 악화로 요양치료가 필요할 것으로 사료됩니다.

성명: 송희섭(여성)

나이: 만 78세

병명: 상세불명의 혈관성 치매

상세불명의 요실금

환자상태: 상기 진단으로 투약중으로 기력저하,

전신 위약감 악화로 요양치료가 필요할 것으로 사료됩니다.

기회는 언제나

할머니는 기분이 좋으면 내 이름을 노래처럼 불렀다. 세 음절에 음을 붙이고 끝 글자의 발음을 길게 끌었다. 마치 내 이름 뒤에 물결 표시가 있는 것처럼. 때론 내 이름을 감탄사처럼 부르기도 했다. 수화기 너머 내 목소리를 확인할 때, 집에 들어서는 나를 볼 때 할머니는 깜짝 놀란 목소리로 "어머! 달님이네!" 하고 웃었다. 친구나 애인이었다면 나도 따라 다정하게 응답했을 텐데 부모에게 다정한 일은 왜 이렇게 어색한지. 나라는 이유로 받는 환대에 늘 건성으로 대답했다. 그럼에도 할머니는 다음, 그다음에도 내 이름을 반갑게 부르는 사람이었다.

그런 할머니가 처음으로 나를 알아보지 못했던 밤. 집엔 할머니와 나 두 사람만 있었다. 기력이 없는 할아버지가 당분간 입원을 하게 돼 며칠 회사를 쉬고 집에 머무르던 때였다. 이른 저녁을 먹은 후 할머니는 안방에서 텔레비전을 보다 잠이 들고 나는 거실에서 컴퓨터로 일을 하고 있었다. 8시쯤 되었을까. 잠에서 깬 할머니가 내 이름을 불렀다. 이제 그만하고 방에 들어와서 자라며. 자기엔 이른 시간이라 거실에서 좀 더 하다 잘 테니 먼저 주무시라고 말했다. 안방 문은 열려 있고 할머니가 누운 자리에서 내가 바로 보여 할머니를 안심시킬 수 있다고 생각했다.

얼마 지나지 않아 다시 잠에서 깬 할머니는 "이제 그만 방에 들어와 자"라고 또 한 번 말했다. 그 후로 할머니는 몇 번이나 잠에서 깨 나를 불렀다. "아니. 나는 조금 더 있다가 잔다니까?" 결국 내가 큰소리로 짜증을 내고 나서야 할머니는 아무 말도 하지 않았다. 조금 뒤 할머니가 침대에서 내려와 부엌으로 가는 소리가 들렸다. 냉장고 문이 열렸다 닫히고 부엌에서 나온 할머니가 내 쪽으로 다가오는 기척이 느껴졌다. 조금 전 낸 짜증이 마음에 걸려 일부러 알은체 않고 노트북 화면만 바라보았다. 할머니의 이동의자 바퀴가 구르는 소리와 쌕—쌕— 하는 가쁜 숨소리가 가까워졌다. 할머니가 테이블 위에 무언가를 올렸다. 빨대를 꽂은 요구르트였다.

"이거 먹고 해."

"갑자기 웬 요구르트?"

"너 배고플까 봐. 나도 하나 먹고."

옆에서 요구르트 하나를 마신 할머니는 쌕―쌕― 소리를 내며 다시 방으로 돌아갔다.

그때라도 내가 방에 들어갔다면
곁에 누워 잠이 들었다면
할머니가 덜 불안했을까.

한 시간쯤 지나 할머니가 끙끙대는 소리가 들렸다. 방으로 달려가 할머니에게 어디가 아픈 거냐고 물었다. 할머니는 엎드린 자세로 두 손으로 머리를 감싸 쥐며 앓는 소리를 냈다. 할머니 몸을 흔들며 계속 할머니를 불렀다.

"할머니, 할머니, 내 말 안 들려?"

119에 신고를 해야 하나 안절부절못하는데 차츰 안정을 찾은 할머니가 감고 있던 눈을 떠 나를 보았다. "할머니, 괜찮아?"라고 물으려는데 마주친 눈빛이 낯설었다. 나쁜 예감이 마음을 날카롭게 긋고 지나갔다.

"…… 누구세요?"

심장이 멎는 것 같았다.

"할머니. 내가 누군지 몰라?"

할머니 대답을 기다리는 몇 초 동안 정적이 흘렀다. 경계하던 할머니의 눈빛이 서서히 돌아왔다.

"달님이야? 왜 여기 있어?"

떨리는 손으로 할머니를 바로 눕히고 이불을 덮어 줬다. 나도 곧 자러 오겠다고 했더니 고개를 끄덕인 할머니가 금세 잠이 들었다. 거실로 나와 조금 전 일어난 일을 이해하려 해 봤다. 멍하니 앉아 생각할수록 할머니가 나를 알아보지 못했던 순간만 또렷해졌다. 그날 밤엔 겁이 나서 잠을 설쳤다. 아침이 올 때까지 몇 번이나 잠든 할머니를 깨우고 다시 내가 누구냐고 물어보고 싶었다.

다음 날 아침 할머니는 지난밤 일을 기억하지 못했다. 오히려 황당하다는 얼굴로 내가 왜 너를 못 알아보냐고 했다. 거짓말하지 말라고. 그 말에 불안하면서도 안도했다. 그렇지? 그럴 리 없지? 어쩌면 할머니가 잠시 착각을 한 거라고 생각했다. 다신 이런 일이 없을 거라고. 그러면서도 매일 그날 밤 일을 생각했다.

얼마 뒤 회사에서 일하는 중에 할아버지의 전화를 받았다. 수화기 너머 할아버지는 숨이 찬 목소리로 울먹이며 말했다. 네 할머니 때문에 아무것도 할 수 없다고. 무슨 일 있으시냐고 묻는 말에도, 할아버지는 중얼대듯 같은 말만 반복했다. "도저히 감당이 안 된다, 감당이⋯⋯."

　어쩔 수 없이 회사에 사정을 이야기하고 휴무인 친구에게 운전을 부탁해 경주 집으로 향했다. 가는 길이 멀게 느껴져 계속 긴장이 됐다. 서둘러 도착한 집에 할아버지 차는 보이지 않고 현관문은 잠겨 있었다. 할아버지에게 전화를 걸어 보니 수면제가 다 떨어져 병원에서 처방받고 오는 길이라 했다.

　"수면제는 왜요?"

　"요즘엔 수면제 없인 한숨도 잘 수가 없거든."

　"할머니는 어디 계세요?"

　"니 할무니, 방에서 자고 있을 거다."

　가만히 기다릴 순 없어 현관문을 세게 두드리며 할머니를 불렀다. 집 안에선 아무 반응이 없었다. 혹시 열린 창문이 있는지 찾아봤다. 다행히 안방 창문 잠금쇠가 하나 풀려 있어 창문을 넘어 들어가 현관문을 열었다.

　할머니는 깊은 잠을 자고 있었다. 자는 얼굴임에도, 할머니의 표정이 처음 보는 듯 낯설게 느껴졌다. 너무 곤히 잠들어 있어 세상 모르고 잔다기보다 세상이 무엇인지도 잊고 자는 사람 같았다. 할머니 몸을 살짝 흔들었다. 반응이 없어 할머니 귀에 대고 "할머니" 하고 불렀다. 할머니가 놀라 눈을 떴다. 내 얼굴을 본 할머니는 몸을 움츠리며 겁먹은 표정으로 말했다.

"누구야?"

그날 밤처럼 할머니는 나를 알아보지 못했다. 놀란 마음을 숨기고 침착하게 다시 물었다.

"할머니, 내가 누구야?"

할머니는 여전히 나를 의심하는 눈빛으로 물었다.

"나는 누구야?"

할머니 손을 잡으며 다시 한 번 말했다.

"할머니는 내 할머니지. 그럼 나는 누구야?"

할머니는 나를 가만 응시하더니 말했다.

"내 손녀딸, 달님이."

그제야 할머니의 표정이 내가 아는 표정으로 돌아왔다. 마치 우리를 지켜본 누군가가 할머니의 영혼을 잠시 데려다 준 것처럼. 할머니는 내 손을 잡고 언제 왔냐고 물었다. 아무 것도 모르는 듯한 할머니 얼굴을 보며 이곳을 잊고 자꾸 어디를 다녀오는 거냐고 묻고 싶었다. 다신 가면 안 된다고.

하지만 그 순간 알 것 같았다.

할머니는 다시 그곳을 다녀올 거라고.

어쩌면 지금보다 더 자주, 더 오래.

할머니는 내게 이르듯, 하루 종일 밥을 쫄쫄 굶었다 했다. 알겠다고, 밥을 차려 주겠다고 부엌에 들어갔는데 싱크대에 두 사람이 밥을 먹은 흔적이 있었다. 즉석밥을 전자레인지에 돌리고 냉장고에 있는 찬 몇 가지를 꺼내 상을 차렸다. 할머니는 배가 고파 죽는 줄 알았다고 평소보다 많은 양의 밥을 먹었다. 말없이 자신을 지켜보는 내게 이상하게 요즘 자꾸 머리가 아프다고, 자신이 이상해지는 것 같다고도 말했다. 얼마 뒤 차가 도착하는 소리에 나가 보니 내복 위에 패딩만 걸친 할아버지 손에 수북한 약봉지가 들려 있었다.

오후 늦게 아버지가 도착했다. 자신이 하룻밤 자고 갈 테니 내게 어서 가 보라고 했다. 이제 나는 가 봐야 한다는 말에 금세 울상이 된 할머니가 내 손을 잡고 "안 돼, 가지 마. 여기 있어"라고 말했다. 할머니가 가지 말라고 말한 적은 처음이었다. 그동안 수없이 집을 떠날 때에도 할머니는 늘 조심히 가라고, 또 오라며 나를 보냈다. 할머니의 두 손을 어루만지면서 여기 아버지랑 할아버지가 있으니까 걱정 말라고 달랬다.

불안해하던 할머니가 다시 잠든 틈을 타 친구와 집에서 나왔다. 차로 걸어가는 짧은 사이, 마음속으로 몇 번이고 돌아보게 됐다. 할머니가 내 어딘가를 붙잡고 잠든 것 같았다.

늦은 저녁 친구와 헤어지고 집으로 돌아와 옷을 갈아입었다. 마음을 다독여 주는 친구와 함께 있을 때는 몰랐는데 혼자 있는 방에서 마음이 일순간 무너지는 기분이 들었다. 눌러 두었던 오후의 기억들이 밀려와 바닥에 주저앉아 소리 내울었다. 내게 제발 기회를 주면 좋겠다고 생각했다. 그들에게 내가 잘할 수 있는, 후회를 덜할 수 있는 기회를 달라고 마음속으로 빌었다. 시간이 주어진다면 두 사람에게 무엇을 해줄 수 있을지, 그중 할머니가 원하는 건 무엇일지 떠올렸다.

할머니가 부르는 내 이름에 다정하게 대답해 주는 것,
함께 밥을 먹고 곁에 있어 주는 것,
이야기 나누며 웃는 시간을 많이 보내는 것.

사실 그럴 수 있는 기회는 언제나 내게 있었다. 그 사실이 나를 계속 울게 했다.

할아버지의 당부

어지럼증과 호흡곤란으로 할아버지가 입원하는 일이 잦아졌다. 할머니를 두고 병원에 가는 게 걱정됐던 할아버지는 집에 며칠 머물기로 한 내게 몇 가지 당부를 했다. 자신이 없는 사이 할머니에게 꼭 챙겨 줘야 하는 것들에 관해서였다. 그중 하나는 뭐든 잘 안 먹는 할머니에게 단백질을 보충해 주기 위한 할아버지의 레시피다.

"냉장고에 보며는 락앤락 통에 계란 노른자랑 간장이랑 담겨 있을 거거든. 밥 묵을 때마다 노른자를 하나씩 꺼내가 니 할무니 밥에 얹어 주면 된다. 그럼 그걸 비벼가 잘 묵는단 말이다.

하루에 두 개씩은 꼭 묵어야 된다고. 보자. 지금 두 갠가 남아 있을 거거든. 그라모는 오늘 저녁에 하나 먹고. 내일 아침에 먹으면 없잖아. 아. 내가 그걸 해 놓고 왔어야 되는데. 너는 노른자를 분리를 못할 낀데? (할 수 있어요.) 그라모는 계란을 깨가 요래 요래 흰자를 따라 뿌고 그라면 노른자가 남는단 말이다. 그거를 간장 통에다 넣어 놓그라. 그 담에 꺼내 묵으면 된다. 잊아뿌지 말고 알았제?"

그리고 또 잊지 말아야 할 몇 가지.

비트 고추장
계란 노른자와 함께 밥에 비벼 먹을 수 있도록 비트 고추장을 꺼내 줄 것.

따뜻한 물 한 잔
밥을 먹을 때는 냉장고에 있는 물통을 꺼내 컵에 물을 따르고 전자레인지에 돌려 따뜻하게 줄 것.

매일 저녁 쌍화탕 한 병
기침을 자주 하니까 저녁마다 쌍화탕 한 병을 전자레인지에 30초간 데워서 줄 것.

밤 간식은 누가바

밥 먹고 두 시간 정도 있다가 냉동실에서 누가바를 꺼내 챙겨 줄 것. 포장을 세로로 길게 뜯어 주면 빨리 녹으니까 가위로 위에만 가로로 잘라서 줄 것.

조금 더 먼 곳으로

자취를 하면서 식사는 늘 밖에서 해결하던 내가 하루 세 번 다른 사람의 끼니를 챙긴다는 건 어색하고 어설픈 일이었다. 새벽부터 일어나 잠을 깨우는 할머니의 밥을 챙기고 틈틈이 집을 치우고 밀린 빨래를 돌리고 할머니 약과 간식을 챙기는 동안 할아버지의 하루를 어렴풋이 짐작할 수 있었다.

할아버지 병원에 다녀온 아버지가 잠시 집에 들른 일요일. 마침 저녁 시간이 다 돼서 아버지는 바람이나 쐴 겸 자장면이나 먹으러 가자고 했다. 아버지가 잠시 담배를 피우러 나간 사이 할머니는 작은 목소리로 "자장면 먹으러 가도 될까?" 하고 물었다. 장롱에서 할머니 겉옷을 꺼내면서 "왜? 다른 거 먹고 싶어?" 물었더니 "아니. 네 아버지가 돈 써야 되니까" 하고 걱정스러운 표정으로 말했다. 자장면은 얼마 안 한다고, 할머니가 안 먹으면 아버지가 더 속상할 거라 했더니 그제야 할머니도 안심하는 얼굴을 했다.

면에서 유일한 중국집은 차로 20분을 타고 가야 있었다. 계단이 없고 홀이 넓어서 휠체어를 탄 할머니도 어렵지 않게 갈 수 있었다. 일요일 저녁 중국집 안은 웬일인지 텅 비어 있었다. 출입구와 가까운 테이블에 자리를 잡고 휠체어가 움직이지 않도록 바퀴를 고정했다.

할머니는 메뉴를 시키기도 전에 괜히 돈 쓰지 말고 너희 먹고 싶은 거 두 개만 시키라고 했다. 자기는 얼마 안 먹으니까 조금씩만 덜어 주면 된다고. 할머니를 생각해서 일부러 하는 외식인데 할머니는 매번 그렇게 말해서 마음을 불편하게 했다. 맛있게 먹는 게 자식 마음 편하게 해 주는 일인 줄 모르고. 평소라면 "뭐 얼마나 한다고 그래" 하고 인상 썼을 아버지는 "괜찮아. 남기면 돼" 하곤 할머니가 좋아하는 쟁반자장 2인분과 내가 먹을 해물짬뽕을 주문했다.

썰렁한 중국집에서 함께 있는 게 어색한 우리는 괜스레 물을 마시고 단무지를 집어 먹으며 음소거된 텔레비전 화면을 바라봤다. 일요일 저녁을 대표하는 예능 프로그램이 나오고 있었다. 출연자들의 과장된 표정을 무심히 바라보면서 다른 가족들은 함께 밥을 먹을 때 무슨 이야기를 할까 생각했다.

막상 음식이 나오자 할머니는 평소보다 많은 양을 먹었다. 그릇에 덜어 주는 만큼 할머니가 몇 번이고 비워 내는 걸 보고 아버지는 내심 기분이 좋아 보였다. 잘 씹지 못하는 할머니가 먹기 좋게 자장면을 잘라 주면서 "엄마, 맛있나 보네" 하고 아버지가 말했다. "응. 오랜만에 먹으니까 아주 맛있다" 고, 서로 눈도 잘 마주치지 못하는 두 사람이 마주 앉아 밥을 먹었다. 편하진 않았지만 잠깐씩 대화를 하며 밥을 먹는 동안엔 텔레비전을 보는 일이 적었다.

집으로 돌아가는 길. 아버지는 집이 아닌 다른 길로 차를 몰았다. 집이 있는 동네보다 더 깊숙한 '우라'라는 동네로 향하는 길이었다.

"왜 이리로 가냐?"

"엄마 여기로는 안 와 봤을 거 아냐."

두 발로 걸을 수 없는 할머니가 편하게 바깥 구경을 할 수 있는 시간은 할아버지나 아버지의 차 조수석에서 창밖을 바라볼 때였다. 집을 떠나고 돌아오는 동선은 늘 비슷해서 할머니가 보는 장면들이 크게 달라지는 일은 없었지만 할머니는 늘 성실히 창밖을 보며 외출의 기분을 느꼈다.

가끔 먼 곳으로 여행을 떠날 때면 내가 보는 아름다운 장면들을 할머니 눈앞에 가져다주고 싶은 기분이 들곤 했다.

내가 보는 세상의 다른 풍경들을
할머니는 앞으로도 보지 못할 테니까.

아버지가 일부러 먼 길을 돌아가는 이유는 나와 비슷한 마음을 겪어 본 적 있어서일 거란 생각이 들었다. 할머니가 잠시라도 다른 풍경을 볼 수 있기를 바라는 마음. 할머니는 그런 아버지의 마음도 모르고 집으로 돌아가자 재촉을 했다.

"늦으면 너 집에 갈 때 위험해서 안 돼. 돌아가자."

유연하지 못한 아버지는 대답 대신 묵묵히 운전만 하고, 할머니는 아버지를 다시 한 번 재촉했다.

"얼른 돌아가자. 너 위험해. 얼른."

"아유. 뭐 얼마나 늦는다고 그래."

답답한 아버지가 결국 짜증을 냈다. 금세 멋쩍어할 거면서 아버지는 잘 참지 못하고 늘 후회를 했다. 안 그래도 편하지 않았던 차 안 공기가 더 불편해졌다. 아버지는 말없이 운전을 하고 그런 아버지를 힐끔 본 할머니가 갑자기 웃음을 터뜨렸다.

"그래. 아범 덕분에 구경 한번 해 보자."

그제야 "참 나" 하고 아버지도 따라 웃었다.

오후에 비가 내려서 그런지 안개 낀 산들이 온통 축축했다. 할머니는 창밖을 내다보다 어릴 적 내 친구가 이 동네에 살았던 이야기를 꺼냈다. 돼지 축사에서 일하는 아버지와 함께 살던, 이제는 이름도 기억나지 않는 친구 이야기였다. 과거로 간 할머니가 재잘재잘 떠들어대는 목소리와 대답은 안 하지만 듣고 있는 아버지. 두 사람 뒷모습이 차의 진동과 함께 흔들렸다.

"엄마. 나 늙으면 산속에 들어가 숨어 살 거야. 그땐 나 찾지 마."

아버지가 창밖을 보는 할머니를 한 번 보곤 장난기 섞인 목소리로 말했다. 아버지는 내게 여러 번 할머니 할아버지가 세상을 떠나면 자신은 산속에 들어가 살 거라고 말하곤 했다. 그때는 자신도 자유로워지고 싶다며. 언젠가 아버지의 바람대로 살게 될 때가 온다면 이미 할머니는 아버지를 찾을 수 없는 세상에 가 있을 터였다.

아버지의 농담을 듣지 못한 할머니가 가만히 창밖만 바라봤다. 그 농담에 아버지와 나만 작게 웃었다.

"이제 집에 가자. 너 늦으면 안 돼."

"거 참. 괜찮다니까. 엄마 나온 김에 구경 실컷 해."

"그래도 될까?"

날은 저물고 우리가 함께 탄 차는 집에서 점점 멀어지고 있었다. 바깥을 바라보는 할머니의 뒤통수를 아버지가 힐끔 바라봤다. 언뜻 본 아버지의 얼굴이 곧 웃을 것만 같았다.

네 아버지 아직 안 죽는다

퇴원한 할아버지의 기력이 며칠 만에 다시 나빠져 이번엔 할
머니도 함께 병원에 입원하기로 했다. 치매 초기 진단을 받
은 할머니는 꾸준히 치매약을 복용 중이었는데 할아버지가
제때 밥을 챙겨 주는 일이 힘들어지면서 약을 먹는 일도 자
주 건너뛴 모양이었다.

　두 사람이 입원할 곳은 2인실이라 아버지가 내게 될 병
원비가 부담됐지만 병원에 있으면 최소한 밥과 약은 제때 먹
을 수 있을 거란 생각에 부담을 감수하기로 했다.

　두 사람이 병원에 입원한 후로 일요일이 되면 시외버스
첫차를 타고 경주로 갔다. 병원으로 가 문패처럼 두 사람의

이름이 써진 병실 문을 열면 기척을 느끼지 못한 채 침대에 누워 있는 두 사람의 모습이 보였다.

병원에 입원한 지 3주째 되던 일요일. 서울에 사는 세 명의 고모들이 경주에 왔다. 두 사람의 유일한 아들인 아버지도 시간을 맞춰 병원으로 왔다. 좁은 병실에 앉을 자리가 마땅치 않아서 몇 명은 서고 몇 명은 침대 빈자리에 걸터앉았다. 할머니 할아버지의 자식들이 모두 모인 것은 무척 오랜만이었다. 10년도 더 되었을까.

우리도 가족끼리 여행을 다녀오자고 열 명이 넘는 가족이 경기도에 있는 한 스파에 간 적 있었다. 그날 할머니는 검은색 수영복을 입고 온천에 들어가 기념사진을 찍었다. 숙소에 있는 바비큐장에서 고기를 구워 먹으면서 매년 조금씩 돈을 모아 이렇게 놀러 오자고 네 명의 형제들은 서로 의기투합하는 듯했지만 결국 흐지부지되었다. 그 후 명절이나 가족 행사 때에도 다 같이 모이는 일은 없었다. 고모들이 모두 멀리 사는 탓도 있었지만, 누구 하나 잘사는 이들이 없기 때문이기도 했다. 누구 하나가 조금 괜찮아지면 누구 하나의 삶에 문제가 생겼다.

할아버지는 병실에 모인 자식들의 얼굴을 찬찬히 살펴보았다. 그들의 얼굴이 모두 닮아 보여서, 같은 피가 흐른다는 건 이런 걸까 혼자서 생각했다.

고모들은 각자의 성격대로 부산을 떨었다. 큰고모는 서울에서 유명한 추어탕 집에서 사 왔다며 포장된 추어탕을 냉장고에 넣고 막내 고모는 할머니 옆에 앉아 높은 목소리로 이것저것 말을 걸었다. 그중 가장 무뚝뚝한 둘째 고모가 할아버지 침대에 걸터앉았다. 할아버지가 둘째 딸의 얼굴을 바라보았다. 금세 코를 훌쩍이는 소리가 들려 잔병을 달고 사는 고모가 또 감기에 걸렸나 보다 생각했는데 고모는 두 눈이 빨개져선 울고 있었다.

　　"아빠. 왜 이렇게 살이 빠졌어."

　　할아버지는 하루가 다르게 살이 빠졌다. 몸에서 식사가 받질 않는다고 해서 영양제와 식욕촉진제를 함께 처방받는데도 식사량이 통 늘지 않았다. 병원에 입원하기 전부터 조금씩 살이 빠지던 할아버지는 아직 더 빠질 살이 남았나 싶을 정도로 윤기 없이 퍼석하게 말라 갔다. 일주일에 한 번씩 할아버지 얼굴을 마주할 때마다 놀란 척을 하지 않기로 스스로 약속을 해야 했다. 그러니 오랜만에 아버지 얼굴을 본 둘째 고모는 더 놀랐을 것이다.

내 기억 속 건강한 할아버지보다
고모의 기억 속에 살아 있는 할아버지가
훨씬 더 젊을 테니까.

둘째 고모가 뚝뚝 울었다. 막내 고모가 "언니. 왜 울어" 하고 우는 목소리로 말했다. 할아버지가 둘째 고모에게 휴지를 건네줬다. 대충 눈물을 닦은 고모가 입을 열어 준비해 온 말을 꺼냈다. 자식들이 모두 한자리에 모인 이유이기도 했다.

"아빠. 오빠 있는 울산으로 가. 병원 근처에 작은 방이라도 하나 얻어서 일단 거기서 지내. 지금 사는 집은 병원 가려고 해도 차로 한 시간인데. 이 몸으로 어떻게 거기서 살아. 아빠 이제 운전도 못 해. 오빠가 가까이 있어야 아빠 엄마 밥이라도 제대로 먹나 들여다보고 병원에도 데리고 갈 거 아냐."

울먹이는 고모의 말을 듣는 동안 할아버지는 아무 말도 못 했다. 옆에 서 있던 큰고모가 말을 거들었다.

"그래요, 아빠. 그게 좋을 것 같아. 둘이서 어떻게 하려고 그래."

할머니 침대에 앉아 있던 나는 고개를 숙인 채 입을 다문 할아버지의 얼굴을 바라보았다. 조금 뒤 할아버지가 입을 열었다.

"도배를 마저 해야 돼."

"뭘 한다고?"

"제사방에 곰팡이가 쓸어가지고 도배를 하다가 못 했어. 그걸 마저 해야 돼."

듣고 있던 둘째 고모가 울컥했다.

"도배는 무슨 도배야. 몸부터 나아야지."

할아버지는 대답 대신 손바닥으로 무릎을 매만졌다. 할아버지는 거의 매년 집의 도배를 새로 하곤 했다.

"아빠한테 그 집이 어떤 집인지 내가 왜 몰라. 평생 고생해서 그 집 하나 이뤄 놓은 건데. 근데 아빠. 아빠랑 엄마가 거기 있으면 우리가 못 살아. 어떻게 살아. 아파도 병원도 못 가고 옆에 아무도 없을 때 무슨 일이라도 일어나면 어쩌려고 그래. 우리 생각해서 응? 아빠가 이번에는 좀 져 줘."

가만히 듣고 있던 할아버지가 결국 울었다. 마른 손으로 더 마른 얼굴을 닦아 내는 모습을 몰래 바라보았다. 제자리에 앉아 울지 않으려고 침을 삼켰다. 그때 병실에 있는 모두가 상처받고 있다는 걸 알았다. 조금 뒤 할아버지는 고개를 끄덕였다. 그리고 자신 앞에서 울고 있는 고모에게 말했다.

"걱정 마라. 니 아빠 아직 안 죽는다."

고모는 고개를 숙인 채 작게 끄덕이며 울음이 잦아들길 기다렸다. 할아버지는 조용히 조금 더 울었다.

세상이 신기한 사람

"나 좀 데리고 나가 줘."

어느 주말, 병원에 들어서는 나를 보며 할머니가 말했다.

"산책하고 싶어?"

"응. 병원에만 있으니까 너무 답답해."

그즈음 마음이 많이 약해져 있었는지 휠체어에 할머니를 태우고 병원 밖을 나설 때부터 목 안쪽에서 슬픔이 찰랑거렸다. 누군가 툭 치고 가면 금방이라도 울 것 같아서 휠체어를 쥔 두 손에 힘을 주었다. 휠체어를 밀 때는 할머니 뒤에 서 있을 수 있어서 다행이란 생각이 들었다.

마음과 다르게 날씨는 구름 한 점 없이 맑았다. 병원에서 10분만 걸어가면 큰 공원이 있어서 그쪽으로 산책을 가기로 했다. 휠체어를 밀고 가는 동안 울퉁불퉁한 보도블록의 표면이 바퀴에 진동으로 전해졌다. 평평한 병원 복도를 지날 때와 다르게 휠체어가 흔들렸다. 두 발로 걸을 때는 느끼지 못한 불편함이었다. 옆으로 4차선 차도를 끼고 주유소와 타이어 가게를 지나 공원 입구로 들어갔다. 공원엔 여러 방향으로 향하는 길이 있었고 표지판에 길을 안내하는 글씨가 적혀 있었다. 어느 방향으로 갈까 고민하는 동안 할머니는 표지판을 소리 내 따라 읽었다. 황성공원, 김유신 장군묘, 화장실…… 기분이 좋은 듯 할머니의 목소리에 음이 따라 붙었다. 마치 노래하듯 할머니는 글자들을 불렀다.

다섯 살 때라던가. 한글을 읽게 된 나는 할머니를 따라 바깥에 나가는 걸 좋아했다고 한다. 할머니 옆을 쫑쫑 걸으면서 눈에 보이는 간판은 다 읽고 다녔는데 무슨 뜻인지는 몰라도 더듬더듬 읽어 나가며 할머니에게 잘 읽었는지 확인받고 싶어 했다고 한다. 할머니 이게 맞아? 할머니 이건 무슨 말이야? 그 이야기를 들려주며 할머니는 말했다.

"그때 넌 세상이 다 신기했던 거야."

공원 안쪽으로 들어가니 박목월 시인의 시가 적힌 노래

44

비가 있었다. 휠체어를 멈추자 할머니는 노래비에 적힌 글자들을 또박또박 읽어 나갔다. 송아지 송아지 얼룩 송아지. 엄마 소도 얼룩소 엄마 닮았네. 산책 나온 사람들이 우리 곁을 스쳐 지나갔다. 공원에서 노래비를 읽는 사람은 할머니 혼자였다. 공원을 구경하는 동안 할머니는 자주 "저게 뭐야?"라고 물었다. 할머니 눈길이 닿은 곳엔 이름 모를 꽃과 나무, 어린 아이가 쪼그려 앉아 줍는 열매, 빠르게 뛰어가는 작은 동물의 꼬리가 보였다. 할머니가 물을 때마다 나도 잘 모르겠어, 저건 도토리 같은데? 다람쥐가 아니라 쟤는 청솔모인 것 같아, 하고 대답했다.

대답을 하는 동안 어린 내가 당신 곁을 걸으며 할머니 저건 뭐야? 물으면 저건 뭐란다, 대답을 들었을 시간이 그려졌다.

그때 나는 할머니가 알려 준 것들을 듣고
세상을 조금씩 알아 갔을 것이다.

할머니가 마음에 들어 한 나무 앞에 휠체어를 세우고 휴대전화로 사진을 찍었다. 누군가 툭 건드리고 간 것처럼 코끝이 시큰해졌다.

다시 기억할 수 있다면

할아버지는 밥을 지을 때도 대충 짓는 법이 없었다. 매번 손이 더 가는 잡곡밥을 지었고 밥맛을 부드럽게 한다며 충분히 불린 쌀에 올리브유 두세 방울을 넣었다. 그런다고 뭐가 달라지나 생각했는데 다 지어진 밥을 한 숟갈 떠먹어 보곤 속으로 놀랐다. 밥만 먹어도 맛있다는 게 이런 거구나 생각이 들었다. 할아버지는 내가 밥을 다 삼킬 때까지 기다렸다가 "밥맛이 다르제?" 하고 뿌듯한 목소리로 물어보곤 했다.

물을 끓이는 법도 달랐다. 간편한 정수기가 있는데도 할아버지는 열 가지가 넘는 재료를 넣어 물을 끓였다. 첫맛은 쓰고 끝맛은 달아서 나는 평소대로 생수를 마시곤 했는데 그때마다 할아버지는 이 물에 얼마나 좋은 게 많이 들었는데 맹물을 마시냐고 했다. 가끔은 할아버지와 할머니가 만담을 나누듯 물에 들어간 재료들을 말해 주었다. 뭐였더라. 대추, 감초, 우엉, 밤 껍질……. 여러 번 들었지만 매번 흘려들어서 이제 와 잘 기억나지 않는다.

김치도 종류별로 다양하게 만들었다. 할아버지는 건강 프로그램에서 명약으로 소개된 채소들을 직접 밭에서 키워 김치로 만들기를 좋아했다. 비트 김치, 케일 김치, 모두 할아버지가 차려 준 밥상에서 처음 먹어 보았다. 할아버지의 도전정신에 비해 음식들이 입맛에 잘 맞진 않았지만 할아버지가 어떤 것에 열의를 가지고 있다는 게 멀리 살고 있는 나를 안심하게 했다.

밭에는 매년 다른 작물들이 자랐고 할아버지는 해마다 다른 찬을 만들어 밥상 위에 올렸다. 더 이상 밭을 가꾸지 못하게 됐을 때도 두 사람의 밥상은 할아버지의 손으로 차려졌다. 집에 갈 때면 이게 바로 슈퍼푸드라며 아로니아 열매와 이름도 처음 들어 보는 브라질너트를 갈아 간식으로 내주던 것도 1년이 채 되지 않은 일들이다.

추석 연휴가 시작되던 주말. 다른 때보다 이르게 경주 집으로 갔다. 명절을 앞두고 제사 준비로 분주해야 할 거실과 부엌이 쓸쓸할 만큼 썰렁했다. 제사방을 따로 둘 정도로 집안 누구보다 제사를 중요하게 생각한 할아버지는 명절마다 며느리의 손도 크게 빌리지 않고 제사상에 올릴 음식들을 손수 만들었다. 몇 년 사이 음식의 가짓수는 줄었지만 제사를 대하는 엄격한 태도는 할아버지의 몸에 배어 있었다. 이른 아침 한복을 차려입고 책상에 앉아 지방을 쓰는 할아버지의 모습은 지나가는 발걸음도 조심하게 만들었다.

이번 추석 제사는 집에서 마지막으로 지내고 싶다던 할아버지는 제사 준비 과정에서 멀찍이 물러나 아버지 손에 모두 맡겼다. 음식도 직접 하지 말고 시장에서 사서 단출하게 치르자고 했다. 명절에 집에 오는 사람들도 아버지네 가족뿐이니 많은 음식을 준비할 필요도 없을 터였다.

추석 연휴 둘째 날 아침 눈을 뜨니 할아버지가 부엌으로 들어가는 기척이 느껴졌다. 아침밥을 차리는 일을 도와야 할 것 같아 세수를 하고 나왔다. 부엌에 있을 거라 생각했던 할아버지가 거실 소파에 멍하니 앉아 있었다. 소파 주변으로 정리되지 않은 옷가지들이 보였다. 할아버지 곁으로 가 무슨 일 있으시냐고 물었다. 할아버지는 조용히 울고 있었다.

"아무리 생각해도 밥 짓는 게 기억이 안 나."

그즈음 할머니의 기억이 점멸하는 등 같았다면 할아버지의 기억은 군데군데 뚫린 구멍 같았다. 흙이 헐거울 때 잡

초를 뽑으면 빠져나간 자리가 남듯 할아버지의 기억은 흔적만 남긴 채 사라졌다. 자신이 무엇을 잊었는지 잊지 못해서 할아버지는 자주 울었다.

오랫동안 연락하지 않은
누군가의 이름이나 전화번호가 아니라
마음을 써 정성을 다했던 일들이
어째서 누군가 훔쳐간 듯 순식간에
사라져 버릴 수 있는지 믿어지지 않았다.

"할아버지. 괜찮아요. 다시 기억하면 되죠."
기억하지 못하는 게 무엇인지 모르는 사람이 할 수 있는 최선의 대답이었다. 다시 차근차근 익히면 손에 익게 될지도 모른다고, 그게 아니면 밥 짓는 법을 큰 글씨로 적어서 밥솥 근처에 붙여 두자고 짧은 사이 속으로 많은 생각이 지나가는데 할아버지가 문득 말했다.
"이렇게 살아서 뭐할까."
대답을 찾지 못해 입을 다물었다. 어떤 말이라도 하고 싶었지만 아무 생각도 머릿속에 떠오르지 않았다. 한동안 할아버지 곁에 앉아 있었다. 내가 할 수 있는 위로는 너무 작고 멀었다.

다시 오지 않는 아침

다음 날 아침 눈을 떴을 때 부엌에서 할아버지가 분주하게 움직이는 소리가 들렸다. 냉장고 문을 여닫는 소리, 싱크대에서 물을 트는 소리, 그릇이 부딪히는 소리, 가스레인지 불을 켜는 소리. 거실에선 할머니의 이동의자 바퀴가 바닥에 구르는 소리가 들렸다. 아마도 할머니는 매일 아침 그러듯 거실 창문을 열고 조금씩 움직이며 바닥을 쓸고 있을 거였다. 닫힌 문 너머로 "여보 쟤는 아침도 안 먹고 잘 건가 봐요"라고 말하는 할머니의 장난 섞인 목소리가 들렸다. 집에서 늦잠을 잘 때면 늘 할머니가 할아버지에게 하는 말이었다. 조금 뒤 거실로 걸어오는 할아버지의 발소리와 함께 "다 큰

잠꾸러기다, 잠꾸러기" 하는 목소리가 들렸다. 나는 바로 일어나지 못하고 가만히 바깥의 소리를 들었다. 문을 열고 나가면 예전으로 돌아간 두 사람이 나를 보며 "뭐해? 얼른 씻고 밥 먹어"라고 할 것 같았다.

　침대에서 일어나 거실로 나갔다. 바닥을 쓸고 있는 할머니의 익숙한 뒷모습이 보였다. 어쩌면 모든 게 제자리로 돌아왔는지도 몰랐다. 부엌으로 가는 길에 불이 켜진 욕실 쪽을 바라봤다. 세면대 앞에 우두커니 서 있는 할아버지가 보였다. 가까이 가 보니 세면대 수도와 샤워기에서 동시에 물이 흐르고 있었다. 욕실 세면대엔 각각 다른 용도로 물을 트는 꼭지가 여러 개 있었다. 할아버지가 직접 설치한 것들인데 처음엔 어떻게 쓰는지 헷갈려 잘못 틀었다가 물벼락을 맞곤 했다. 그러면 소리를 듣고 욕실로 뛰어온 할아버지가 이게 왜 헷갈리냐며 사용법을 하나하나 알려 주었다. 그로부터 몇 달이 지났을 뿐인데 내 앞에서 할아버지는 흐르는 물을 그저 바라보고 서 있었다. 할아버지가 일러 줬던 대로 세면대와 샤워기 꼭지를 차례로 잠갔다. 할아버지 앞에서 이렇게 쉽게 잠가도 되는 걸까 생각이 들었다. 할아버지는 "아……" 하고 가만히 수도꼭지를 바라보았다. 욕실 한 켠의 세탁기엔 지난밤 할머니 소변으로 젖은 옷과 이불이 들어 있었다.

이제는 나도 깨달아야 했다.

예전과 같은 아침은 돌아올 수 없다는 걸.

매일 조금씩 나빠지는 아침이 다가올 뿐.

장기요양인정 결과 통지 문자메시지(최초신청)

[Web발신]

1. 장기요양인정 안내

-안녕하십니까? 국민건강보험공단 창원중부지사 창원중부 운영센터입니다. 장기요양등급 판정결과 수급자로 인정되었음을 알려드리며 '장기요양인정서'를 공단으로 내방하시어 수령하시기 바랍니다.

2. 장기요양인정서 등 수령 방법 및 안내

1) 오시는 가족이 수급자와 한번이라도 건강보험증에 같이 등재된 경우: 오시는 분 신분증

가 오시는 가족이 수급자와 한번도 건강보험증에 같이 등재되지 않은 경우: 가족관계증명서, 오시는 분 신분증

3. 최초 인정자에 대한 급여 이용 설명회 개최: 11월 9일 금요일(10시 30분) 창원중부지사 창원중부 운영센터 소화의실

무너지는 시간들

늙는다는 건 아주 심한 농담과도 같지.

-파코 로카, 《주름》에서

할머니는 깔끔한 사람이었다. 덕분에 할머니 손에 자라는 동안 늘 깨끗하고 단정하게 다림질된 옷과 교복을 입고 다녔다. 할머니는 특히 여자애는 속옷을 잘 갈아입어야 하는 거라며 서른이 다 될 때까지 샤워를 하고 나오는 내게 "속옷은? 갈아입었어?"라고 물어보곤 했다. 당연한 걸 왜 묻냐고 확 짜증을 내도 할머니는 금세 잊고 다음에 집에 가면 또 물었다. 속옷은? 갈아입었어?

할머니가 소변을 조절하지 못한다는 걸 알아챈 때는 추석 연휴였다. 집 안에서 나쁜 냄새가 나는데 어디서 나는 냄새인지 알 수 없었다. 거실 바닥에서 냄새가 올라오는 것 같아 살펴보는데 지난밤 거실에서 할머니가 깔고 잔 요에서 지 린내가 났다. 자신의 속옷이 젖은 줄 모르고 앉은 채로 화장 실로 이동한 할머니의 동선을 따라 냄새가 이어지고 있었다. 네 할머니가 소변을 아무 데나 눈다고 얼마 전 할아버지가 한 이야기가 떠올랐다. 할아버지가 거짓말을 할 리 없다고 생각하면서도 속으로 설마, 라고 넘겨 버렸었다.

한숨을 쉬지 않으려고 침을 삼켰다. 창문을 열어 환기하 고 바닥을 물걸레로 닦는 동안 거실로 나온 할머니가 왜 창 문을 열어 놨느냐고 추우니 닫으라고 말했다. 입을 다문 채 창문을 닫고 욕실로 들어갔다. 세탁기엔 지난 며칠간 젖은 요와 옷들이 가득 차 있었다.

할아버지는 미리 사 둔 기저귀 팬티를 할머니에게 보여 주며 속옷 대신 입으라고 말했다. 할머니는 "여기에다 그냥 하 라구요?" 하고 순순하게 수긍하다가도 어느 순간엔 "화장실 놔 두고 내가 왜 이걸 해?" 하고 할아버지를 노려보며 화를 냈다. 할머니에게도 자신의 변화를 받아들일 시간이 필요할 텐데, 할아버지도 자신의 몸이 힘드니 다그치게 되는 모양이었다.

할머니와 둘만 남겨진 방에서 할머니 손을 잡고 달래듯 말을 했다. "할머니, 불편하더라도 기저귀를 써야 돼. 이젠 여 기에 익숙해져야 돼." 할머니는 조금은 겁먹고 기죽은 얼굴 로 "누워서 어떻게 해? 오줌이 안 나와"라고 대답했다. "처음이라 그래, 하다 보면 괜찮아질 거야"라고 대답했지만 같은 경험을 해 보지 않은 내가 어떻게 괜찮아질 거라 말할 수 있을까. 지금 내가 알 수 있는 건, 언젠가 내게 같은 상황이 온대도 어떻게든 미루고 싶어 하리라는 거였다. 아는 언니의 시할머니는 스스로 대소변을 조절하지 못하게 된 걸 아신 후론 음식 섭취를 최대한 줄였다고 했다. 음식을 먹고 난 뒤 자신이 대변을 실수하게 되는 걸 두려워했기 때문이라 했다.

연휴 동안 할머니는 기저귀를 갈 때가 되면 할아버지와 아버지를 방에서 내보내고 나와 엄마가 직접 해 주기를 바랐다. 50년을 함께 살을 부대끼며 못 볼 꼴 다 보이고 산 사이라 해도 보여 주고 싶지 않은 모습이 있는 거였다. 엄마는 두 아이를 키운 사람답게 능숙하게 기저귀를 풀고 뒤처리를 했다. 나는 쭈뼛대며 할머니의 허리를 함께 들어 주거나 기저귀 가는 걸 어설프게 도왔다. 시선을 다른 곳에 두려고 해도 할머니의 마른 엉덩이가 보였다. 새 기저귀를 차는 동안 모로 누운 할머니는 고맙고 미안하다고 말했다.

앞으로 할머니는 이런 모습을
매일 들키며 살게 되겠지.

노인이 되어 기저귀를 한다는 건, 자신의 잘못이 아닌 일로 수치심과 미안함을 감수하며 사는 일이란 생각이 들었다.

추석 연휴 마지막 날, 할아버지의 호흡곤란이 심해져 급하게 창원에 있는 대학병원으로 검진을 받으러 갔다. 연휴라 응급실을 통한 진료만 가능했고 검사를 진행한 후 중환자일 경우에만 일반 병실로 입원할 수 있다고 했다. 추석에도 아픈 사람은 왜 그리 많은지 검사를 받는 데 몇 시간이 걸렸다. 할아버지가 아버지와 함께 몇 가지 검사를 받는 사이 할머니와 나는 병원 상가에서 간식을 챙겨 먹고 병원 근처를 두세 번 산책하고도 시간이 남아 대기실에 가만히 앉아 있었다.

30분을 앉아 있었을까. 할머니가 나를 툭툭 치더니 소변이 마렵다고 했다. 병원에 오기 전 할머니가 절대 기저귀를 하지 않겠다고 해서 속옷만 입고 나온 참이었다. 병원으로 오는 차 안에서 이미 할머니는 자신도 모르는 새 아버지의 자동차 시트에 소량의 소변을 흘렸다.

잠시만 기다리라고 한 뒤 1층에 장애인 화장실이 있는지 찾아봤지만 보이지 않았다. 어쩔 수 없이 휠체어를 밀고 일반 화장실로 들어갔다. 문을 열고 휠체어를 변기 쪽에 가까이 댔다. 할머니가 몸을 일으켜 변기에 앉으려면 손을 짚고 일어날 지지대가 필요한데 일반 화장실엔 짚을 것이 보이지 않았다. 할머니는 휠체어를 지지대 삼아 몇 번을 힘을 주고 일어나 보려 했지만 다리와 허리에 힘이 없어 다시 휠체어에 주저앉았다. 휠체어 바퀴를 고정하고 할머니의 상체를 안아 들어 보려 했다. 요령이 없어서 혼자 힘으로는 도무지 일으켜지지 않았다. 좁은 화장실 안, 변기에 앉으려 낑낑대던 할머니는 결국 변기 옆 땅바닥으로 주저앉고 말았다. 놀라서 바로 안아 일으키려 하는데 힘이 풀린 할머니 다리 사이로 소변이 흘렀다. 옷이 다 젖기 전에 어떻게든 일으키려 해도 마음처럼 되지 않았다. 속으로 제발, 제발 기도를 했다. 겨우 할머니를 휠체어에 앉혔지만 이미 할머니의 바지와 신발이 소변에 젖어 있었다. 잠시 멍해져 할머니를 바라보았다. 눈이 마주친 할머니는 이젠 됐으니 그만 나가자고 말했다.

바닥에 흐르는 소변을 물을 뿌려 휴지로 닦아 내고 세면대 가까이 휠체어를 갖다대고 할머니의 손을 씻었다. 그리고 쪼그려 앉아 할머니 바지 밑단이라도 최대한 씻어 보려 했다. 여러 번 손세정제를 묻히고 물로 헹구어 봐도 냄새가 잘 가시지 않았다. 할머니는 자꾸만 괜찮다고 그만 나가자고 말했다. 그새 소변이 더 흐른 할머니의 바지가 축축해져 있었다. 속옷은 갈아입었냐고 채근하던 사람이 이젠 자신의 속옷이 소변으로 젖어 가는 줄도 모르고 있었다.

화장실에서 나가니 아버지가 있었다. 할머니의 젖은 바지를 본 아버지는 감기 걸린다며 점퍼를 벗어 할머니의 다리를 덮어 주었다. 할머니는 아무 일 없던 것처럼 주변을 두리번거렸다. 아버지의 점퍼 사이로 삐죽 튀어나온 할머니의 젖은 신발이 보였다. 마음이 무너진다는 건 이런 기분일 거라고, 소리없이 부서지고 떨어져 내리는 것들을 실감했다.

한 시간 뒤 검사가 끝난 할아버지가 응급실에서 나왔다. 의사는 할아버지가 호소하는 통증들이 특정한 병이 원인이 아니라 노화에 따라 장기도 함께 늙어 나타나는 징후로 보인다고 했다. 심리적으로 우울하고 불안감도 크기 때문에 할아버지는 일반 병원이 아니라 요양병원에서 관리를 받는 것이 더 적합하다는 말도 덧붙였다.

몇 시간의 검사 끝에 더 이상의 의학적 치료는 의미 없다는 소견을 들은 할아버지는 아무 말 없이 아버지 차에 올라탔다. 저녁 8시가 넘어가는 시간이었다. 나는 창원에 남고 두 사람을 태운 아버지 차는 경주 집으로 떠나갔다. 말없이 조수석에 앉아 있는 할아버지와 축축한 바지를 입은 채 뒷좌석에서 조는 할머니, 그리고 할 말을 찾지 못해 창을 열어 담배를 피울 게 뻔한 아버지.

그날 차에 탄 세 사람은 어떤 마음으로 집으로 돌아갔을까. 멀어지는 아버지 차의 불빛을 한동안 바라보면서 속으로 물었던 것 같다.

이제 우리는 어떡하면 좋겠냐고.

미워하는 것보다

"어머니 요양원 모셔,
집에 모셔 놓고 미워하는 것보다
요양원 보내고 미안해하는 게 나아."
-노희경, 〈세상에서 가장 아름다운 이별〉에서

할아버지와 할머니의 상태는 빠른 속도로 나빠졌다. 하루에 몇 시간만이라도 방문요양 서비스를 받기 위해 알아봤지만, 집이 너무 외진 곳에 있어 선뜻 오겠다는 요양보호사가 없었다. 시간당 돈을 받는 그들의 입장에선 굳이 먼 곳까지 차비와 시간을 들여 오는 게 손해일 수밖에 없었다.

그 외 다른 가능성을 생각해 봤다. 먼저 나나 아버지의 집으로 모시고 오는 선택지가 있었다. 가파른 계단을 올라야 하는 5평짜리 내 방과 방이 두 개인 아파트에서 네 식구가 살고 있는 아버지의 집. 두 사람의 삶이 들어오기에 나와 아버지의 삶도 넓지 못했다. 무엇보다 아버지의 집으로 그들이 간다면, 긴 시간 두 사람의 돌봄을 맡는 사람은 엄마가 될 거였다. 며느리인 엄마에게 그런 부담을 주고 싶지 않았다.

서울에 사는 고모들 집으로 가는 것 또한 쉬운 결정이 아니었다. 부모를 돌보며 사는 일이 며칠 집에 머무는 손님을 위해 이부자리 하나 더 펼치고 밥상에 숟가락 하나 더 놓는 정도의 문제가 아니었으므로. 아버지의 집 근처에 방을 얻어 이사하는 방법도 생각했지만, 두 사람은 자식들의 집은 물론 집이 아닌 어느 곳에서도 살길 원하지 않았다.

아무도 입 밖에 꺼내지 않았지만 누군가 집으로 들어와 두 사람을 보살피는 선택지도 있었다. 이른 아침부터 공사장에 나가는 아버지가 어린 자식들을 두고 집으로 들어가는 건 말이 안 됐다. 자식들 중 가장 자유로운 사람은 결혼을 하지 않은 나였다. 과연 나는 할 수 있을까. 하고 싶은 것도 되고 싶은 것도 많은 내가 지금을 포기하고 도시를 떠나올 수 있을까. 자신 없었다.

언제까지 이어질지 모르는 날들 동안
아픈 두 사람을 매일 책임지며 살아갈 용기가 없었다.
내가 포기한 것들을 생각하면서
두 사람을 미워하게 될 순간들이 두려웠다.

그들도 내가 당신들 곁에 남길 원하지 않겠지만 함께 산다면 우리는 서로 미안해하며 서로를 할퀴게 될 거였다. 나는 다른 책임을 지고 싶었다. 그렇게 남은 선택지는 하나였다. 두 사람이 함께 요양병원으로 가는 일이었다.

아버지 식구들과 다 함께 경주 집에서 잤던 밤. 부쩍 잠이 는 할머니는 거실에 요를 깔아 이른 저녁부터 잠이 들었고 며칠째 잠을 못 잤다는 할아버지는 소파에 누워 선잠에 들었다. 가족들은 늦게까지 거실에 앉아 두 사람을 지켜보았다. 밤 10시가 넘은 시각. 할아버지가 일어나 비틀대며 부엌으로 걸어갔다. 벽을 짚고 겨우 걸어가는 할아버지를 뒤따라 부엌으로 들어갔다. 컵에 물을 따른 할아버지는 거실로 들고 나와 잠든 할머니의 입안으로 물을 넣어 주려 했다. 놀라서 컵을 뺏은 뒤 할아버지에게 왜 그러시느냐고 물었다. 할아버지는 멍한 얼굴로 "니 할무니가 목이 마르다고 물을 달라고 했잖니"라고 말했다. 할머니는 그런 적 없다고, 계속 주무시고 있지 않았냐고 해도 할아버지는 자꾸 물을 줘야 한다고 말했다. 할아버지 손을 잡고 그럼 제가 챙겨드릴 테니 걱정 말고 주무시라고 했다. 휘청이며 소파에 누운 할아버지는 이내 다시 잠이 들었다. 수면제 부작용인 것 같았다.

다음 날 할아버지는 지난밤 일을 기억하지 못했다. 요즘엔 잠을 자도 자는 것 같지 않다는 할아버지를 보면서 앞으로 내가 알 수 없는 일들이, 그러나 몰라선 안 되는 일들이 더 많아질 거란 예감이 들었다. 이제는 더 늦기 전에 어떤 방법으로 부모를 책임질 것인지 자식들이 결정해야 했다.

그날 오후, 아버지가 자신은 말주변이 없으니 내게 할아버지를 설득해 보라고 말했다. 아버지가 자리를 비울 겸 담배를 피우러 나간 사이 소파에 앉아 있는 할아버지 옆으로 가 앉았다. 할아버지의 마른 옆얼굴을 보면서, 내가 정말 이 말을 해도 되는 걸까 망설여졌다. 당신의 도움 없인 아무것도 하지 못하던 시절을 지나온 내가, 이제 당신은 누군가의 도움 없이 살 수 없다는 말을 해야 하는 게. 당신이 처음 가져 본, 우리가 함께 살아온 이 집을 이제 떠나야 한다고 말을 하는 게. 모두에게 상처가 될 선고를 내리는 일 같았다.

할아버지, 하고 평소처럼 불렀다. 할아버지가 고개를 돌려 나를 보았다. 말을 꺼내기도 전에 눈물이 핑 돌았다. 최대한 담담한 목소리로 준비한 말을 꺼냈다. 최근 몇 달간 내가 지켜본 할아버지와 할머니의 증세를, 그리고 더 이상 두 사람을 집에서 지내게 할 수 없다는 어려운 결심을. 할아버지는 대답 없이 묵묵히 이야기를 들었다. 내 말을 듣는 할아버지는 그때 어떤 기분이었을까.

할아버지에게 물었다. 할아버지가 정말 원하는 건 무엇

이냐고. 할아버지는 울먹이는 목소리로 말했다. 이 집에서 네 할머니하고 죽고 싶다고.

울음이 차오르는 걸 겨우 참고 말했다. 나도 할아버지와 할머니가 그러기를 원한다고. 나도 이 집을 사랑한다고. 이 집이 어떤 집인지 내가 왜 모르겠냐고. 두 사람이 이곳에서 아프지 않고 죽을 때까지 살아 준다면 나도 바랄 것이 없겠다고. 그런데 할아버지도 알고 있지 않느냐고. 둘의 힘으로는 더 이상 벅차다는 걸. 할머니 치매 증세는 앞으로 더 심해질 텐데. 치매는 할아버지가 감당할 수 있는 병이 아니고, 그건 할머니를 위한 일도 아니라고. 지금은 두 사람이 밥도 챙겨 먹을 수 없는데 어떻게 이 집에 두겠냐고.

그리고 내게 남아 있는 마지막 가능성에 관해서 이야기를 꺼냈다. 만약 할아버지가 여기에 남아 있고 싶다면 할머니라도 병원에 모시고 가겠다고. 할머니는 전문 간병인의 도움이 필요하고 내가 매일 할머니를 돌볼 거라고. 할머니가 병원에 간다고 해서 할아버지가 할머니를 포기하는 게 아니라 더 좋아지라고 보내 주는 거라고. 그러니까 할아버지, 이제 결정해야 한다고.

할아버지는 대답하지 못하고 고개를 숙인 채 울었다. 포기하는 게 아니라고 할아버지에게 한 말은 내게 하는 말이기도 했다. 옆에 누워 있던 할머니가 다리를 끌면서 곁으로 와 할아버지에게 말했다.

"여보, 왜 울어요? 당신 나 때문에 그런 거죠? 당신 내가 제일 걸리는 거잖아. 내가 당신 걸림돌이잖아. 당신이 말해 봐요. 당신이 괜찮다고 하면 나는 병원에 갈 거야. 나 없이 당신 혼자 살 수 있어요?"

할아버지가 소리 내 울었다. 할아버지 대답을 기다리는 할머니의 손을 잡고 내가 말했다. "할머니, 나랑 같이 병원 가. 약 먹고 치료받으면 할머니 더 좋아질 거야."

할머니는 알겠다고, 내가 하자는 대로 할 거라고 말했다. 그러고는 할아버지에게 말했다. "여보, 우리 같이 갑시다." 할머니 말에 할아버지가 천천히 고개를 끄덕였다. 거실 창밖으로 담배를 피우는 아버지 모습이 보였다.

언제까지고 두 사람이 살아갈 거라 믿었던 집.
그곳에서 두 사람이 울고 있었다.

그들을 지켜보면서 어쩌면 우리는 시간을 살아가는 것이 아니라 시간이 우리를 허락해 줄 뿐이라는 생각이 들었다. 허락된 시간이 얼마나 남은지 모르고 우리는 오늘도 조금씩 죽어 가고 있다. 할아버지와 할머니 곁에서 나도 따라 울었다.

그들을 두고 나온 밤

두 사람을 내가 사는 곳 근처 요양병원으로 모시기로 했다. 그렇게 결정하는 데 다른 가족의 강요나 권유가 있었던 건 아니다. 다만 내가 당연히 그들 가까이 있어야 한다는 믿음이 있었다. 자식의 자식이 아니라 그들의 손에서 먹고 입고 살아온 자식으로서, 그들을 가장 잘 알고 안심시킬 수 있는 사람은 나라는 조금의 착각을 보태 자연스럽게 내 몫으로 받아들였다. 어쩌면 언젠가의 내가 덜 후회하기 위해서라도 최선을 다할 수 있는 기회를 갖고 싶었는지도 모른다.

병원을 알아보는 일은 막막했다. 나와 내 주변 사람들에게 요양병원은 직접 겪어 보지 않은 언젠가의 일이었고, 인터넷 검색으로만 찾기엔 불안했다. 묻고 물어 잘 아는 사회 복지사분의 도움으로 한 곳을 추천받았다. 천주교 재단에서 운영하는 병원이고, 환자를 대하는 태도가 좋아 본인이 아는 분도 가족을 모시고 있는 곳이라 했다. 무엇보다 집과 직장에서 30분 거리에 있는 점이 좋았다. 홈페이지에 들어가 보니 웃고 있는 간호사의 얼굴 옆으로 보건복지부 평가 1등급 병원이란 홍보 문구가 있었다. 어떤 병원이 좋은 병원인지 선택할 수 있는 기준과 경험이 없던 나는 1등급이란 말에 덜컥 마음을 걸었다.

그때 내게 필요한 건 믿음이었다.
나쁜 결정이 아닐 거라는 믿음,
포기하는 것이 아니라 책임지는 것이라는 위안.

병원으로 전화해 입원 상담을 받았다. 팀장이라고 자신을 소개한 사람은 필요한 서류와 함께 마침 빈자리가 있으니 최대한 빨리 입원할 것을 권했다. 아버지에게 전화를 걸어 입원 날짜를 정했다. 3일 뒤, 금요일. 아버지가 두 사람을 모시고 병원으로 오기로 했다.

금요일엔 날씨가 궂었다. 중형급 규모의 태풍이 올라오

는 중이라 했다. 회사에 반차를 내고 병원으로 갔다. 로비에 할아버지 할머니, 아버지, 엄마가 앉아 있었다. 접수를 하고 할아버지의 주치의는 아버지가, 할머니의 주치의는 내가 함께 상담을 받았다. 할머니 주치의는 마흔 정도 되어 보이는 의사였다. 친절한 목소리로 할머니에게 인사한 뒤 "할머니, 어디가 제일 아프세요?"라고 물었다. 할머니는 "안 아픈 데가 없어요" 하곤 자신이 젊을 적 시어머니에게 맞았다는 이야기부터 할아버지 암 투병 때 이야기, 약초로 할아버지 병을 낫게 했다는 이야기를 늘어놓았다.

　할머니가 무안하지 않게 다정하게 이야기를 들어 준 의사는 내게 할머니의 증세를 물었다. 최근 들어 할머니가 소변을 인지하지 못하는 점, 가끔 사람을 알아보지 못하는 점, 밥 먹은 것을 잊고, 짜증과 화가 늘어난 점을 이야기했다. 이야기를 들은 의사는 몇 가지 질문을 했다. 할머니에게 당뇨와 고혈압이 있는지. 평소 어떤 약을 먹는지. 그 외 다른 질병은 있는지. 언제 발병했는지. 수술한 적은 있는지. 했다면 언제인지. 차근차근 묻는 의사의 말에 여러 번 말문이 막혔다. 전화로 전해 들은 것들, 집에서 지낼 때 곁눈질로 봤던 것들을 떠올리며 대략적으로 아는 것만 대답했다. 답변이 불충분할 땐 의사가 다시 한 번 되묻거나 다른 가족들 중에 아는 사람은 없는지 물었다. 추궁하는 말은 아니었지만 질타받는 기분이 들었다. 보호자의 자격으로 내가 얼마나 그들에 관해 알지 못하는지 깨달았다. 그동안 내가 얼마나 그들을 궁금해하지 않았는지도.

의사는 마지막으로 할머니의 이상행동 증세가 언제부터 시작됐는지 물었다. 내가 느낀 건 두세 달 전이라고 대답했다. 의사는 이미 진행되고 있던 치매에 섬망 증상이 같이 나타나고 있는 것 같다고 했다. 아마 증세를 보인 것은 그보다 더 전일 거라며. 같이 살지 않아서 정확하게 인지하진 못했다는 말을 하면서 그 말이 스스로 변명처럼 들려 침을 삼켰다.

간단한 검사를 진행하고 병실을 배정받았다. 할아버지는 6층, 할머니는 2층. 한 병실에 여덟 명의 환자가 함께 지내고 요양보호사가 24시간 상주했다. 할아버지와 함께 들어간 병실엔 낯선 얼굴들이 나란히 누워 있었다. 그중엔 겉으로 봤을 땐 건강해 보이는 환자도 있고, 산소통을 옆에 두고 코에 호스를 꽂고 누워 있는 환자도 있었다. 그들을 최대한 보지 않으려 애쓰면서 할아버지가 쓸 침대로 갔다. 침대는 생각보다 작았다. 개인용 수납장과 테이블도 크지 않아서 보호사는 최소한의 짐만 두는 것을 권했다. 할아버지 겉옷 한 벌과 속옷, 양말, 수건, 휴대전화 충전기를 꺼내 정리했다. 그 외 병원에서 필요한 것들을 이야기해 줘서 아버지와 함께 마트로 갔다. 두 사람의 세숫대야, 260, 230 사이즈의 슬리퍼, 세면도구, 양치용 컵과 빨대가 달린 컵. 그리고 간식이 될 만한 것들을 샀다. 카스텔라와 캐러멜, 두유, 바나나, 양갱. 마트를 돌아다니며 뭐라도 사야 할 것 같은 초조한 기분이 들었다.

병실로 돌아와 간호사에게 설명을 들었다. 식사 시간과 취침 시간, 면회 시간과 외출 규정 같은 것. 무슨 일이 있으면 보호자에게 바로 연락이 갈 거고 혹시나 문제가 되는 상황이 지속될 경우 병원에서 지내기 어려울 수도 있다는 이야기를 했다. 알겠다고 한 뒤 할머니의 병실로 갔다. 환자복으로 갈아입고 누워 있는 할머니에게 당분간 여기서 할아버지 없이 자야 한다고 말했다. 할머니 혼자 화장실 가는 게 어려우니까 불편해도 기저귀를 사용해야 한다고. 할머니 생활을 도와주시는 분에게 화 내면 안 되고, 사이좋게 지내야 한다고.

내가 내일도 오고 매일 올 거니까
불안해하지 않아도 된다고.

그날따라 괜찮아 보이던 할머니는 알았어, 걱정 마, 대답하며 손을 잡았다. 이불을 다시 덮어 주는 동안 옆자리에 누운 할머니와 눈이 마주쳤다. 할머니는 나를 빤히 바라보고 있었다. 옆 할머니의 테이블 위엔 스킨 하나, 두유 하나, 그리고 미용 봉사자로 보이는 사람과 찍은 사진이 올려져 있었다. 목례를 했지만 옆 할머니는 아무 대답 없이 내 얼굴만 바라볼 뿐이었다.

할머니에게 다시 한 번 인사하고 아버지와 병실을 나섰다. 걸어가다 문득 뒤를 돌아보았다. 할머니가 나를 보고 있었다. 할머니와 함께 누워 있는 다른 할머니들의 얼굴도 같이 보였다. 어디서 왔는지, 어떤 삶을 살았는지 모르지만 모두 누군가의 어머니, 할머니일 거였다. 세 번째 침대에 누워 나를 바라보는 할머니에게 정말 간다고 손을 흔들었다. 할머니도 손을 흔들었다.

병실을 완전히 나서면서 두 사람을 두고 떠난다는 기분을 지울 수 없었다. 시간이 흘러도 이 마음은 잊을 수 없을 거라고, 엘리베이터를 타고 내려가는 동안 생각했다. 병원 문 밖으로 바람이 불고 비가 내렸다. 예보대로 태풍이 오고 있었다.

그리고 다음 날

빗소리에 잠에서 깼다. 기상청에서 예보한 대로 큰 태풍이 지나가고 있었다. 어둑한 방에 누워 얼마간 빗소리를 들었다. 습관처럼 태풍 조심하라고 집에 전화를 하려다 두 사람이 병원에 있다는 사실을 깨달았다. 전화를 하면 늘 그 자리에서 받던 사람들인데 아무도 전화를 받지 않는다고 생각하니 마음이 뻐근해졌다. 한동안 같은 자세로 누워 천장을 바라보았다. 5년 동안 매일 똑같았던 벽지 무늬를 보면서, 오늘 두 사람이 본 천장이 낯설겠다는 생각이 들었다. 어땠을까. 첫날인데 잠은 잘 잤을까. 비바람이 잠잠해지면 병원에 가 봐야겠다 생각하며 몸을 뒤척였다. 그러다 문득 10년도 더 넘은 어느 저녁이 떠올랐다.

지금처럼 태풍이 지나가는 날이었다. 바람이 세게 불 때마다 삼중으로 잠가 둔 문이 덜컹거렸는데, 방은 금세 노곤해질 만큼 따뜻했던 기억이 난다. 저녁을 먹고 두 사람은 모로 누워 텔레비전을 보고, 나는 그 뒤에 앉아 휴대전화와 텔레비전 화면을 번갈아 보고 있었다. 텔레비전에선 〈사랑의 리퀘스트〉가 방송되고 있었다. 어떤 가족의 사연이 끝나고 가수가 노래를 부르는 동안 두 사람의 뒷모습에 미동이 없어 금세 잠이 든 줄 알았다. 할아버지 머리맡에 놓인 리모컨을 가져오려 몸을 숙여 두 사람의 얼굴을 보았다. 잠든 줄 알았던 할머니 할아버지가 같은 자세로 누워 울고 있었다. "뭐야. 두 사람 우는 거야?" 그 모습이 재밌어 소리 내 웃었더니 할머니 할아버지도 서로의 얼굴을 보며 따라 웃었다. "당신도 울었어요?" 할머니가 묻고 할아버지는 민망한 듯 대답 대신 두루마리 휴지를 뜯어 얼굴을 닦았다. 그다음엔 뭘 했는지 기억나진 않지만 아마도 세 사람이 함께 텔레비전을 보다 잠이 들었을 거다. 비바람과 상관없이 집 안은 이렇게나 따뜻하고 안전하구나 생각하면서.

왜 문득 그날 저녁이 생각났던 걸까.

언젠가 영영 잊을지도 모르는 평범한 저녁이었을 뿐인데.

2장

내가 당신을
안아 줄 차례

안녕하십니까? 송희섭 님 낮번 담당 간호사 OOO입니다. 환자분 밤 동안 잘 주무셨으며 아침식사 연식으로 2/3 정도 섭취하셨습니다. 밤 동안 흑변 양상으로 1회 대변 보았으나 복부 불편감 및 복통 호소는 없으시며, 수액 달고 계시면서 혈압 및 체온은 정상 범위대로 유지되고 계십니다. 현재 특이 불편감 호소 없이 침상 안정하시면서 휴식하고 계십니다. 환자분들의 빠른 쾌유를 바라며, 간호간병 통합 서비스 병동의 직원들은 최선을 다하여 간호하도록 노력하겠습니다.

최선의 처방

입원 후 며칠은 괜찮았다. 퇴근 후 병실로 찾아가면 두 사람
은 잠도 잘 자고 밥도 잘 먹는다고 전보다 안색이 좋아진 얼
굴로 말했다. 덕분에 나도 덜 불편한 마음으로 잠을 자고 하
루를 보낼 수 있었다. 4일째 되는 날 아침 일찍 병원에서 전
화가 왔다. 두 명의 담당 의사 모두 보호자 면담을 하고 싶어
한다는 내용이었다.

　회사에 사정을 말하고 병원으로 가 할머니 주치의를 먼
저 만났다. 의자에 앉아 의사의 말을 기다리는 동안 긴장이
됐다. 환자일 때보다 보호자일 때 의사 앞에서 더 작아지는
기분이 들었다. 의사는 할머니의 이상행동 증세가 계속 나빠

지고 있다고 말했다. 상황에 맞지 않는 말을 반복해서 한다거나 기저귀에 손을 집어넣는 행동. 오전엔 옆 침대 환자의 보호자가 있는데도 갑자기 하의 탈의를 했다고 의사는 담담하게 말했다. 어떤 말을 해야 할지 몰라 고개만 끄덕였다. 이틀 전 저녁 할머니는 병원에 있으니 몸이 좋아지는 것 같다며 내게 걱정하지 말라고 말했었다. 내가 아는 시간보다 모르는 시간이 훨씬 더 길다는 걸 의사의 말을 들으며 다시 깨달았다.

보호자가 어떻게 행동하는 게 환자에게 좋은지 물었다. 침착하게 묻고 싶었지만 목소리가 떨렸다. 의사는 말했다. 치매는 서서히 나빠지는 것이 아니라 마치 계단을 내려가듯 괜찮은 상태를 유지하다 갑자기 훅, 훅 나빠지는 거라고. 약으로 속도를 늦출 순 있지만 완치될 수 있는 병이 아니기 때문에 환자의 변화에 너무 놀라지 말고 침착하게 대응하는 것이 중요하다고. 고개를 끄덕이며 듣는 내게 그는 마지막으로 당부하듯 말했다.

"힘드시겠지만 받아들여야 합니다."

할머니의 주치의 면담을 끝내고 할아버지 주치의를 만났다. 의사는 할아버지가 너무 많은 종류의 약을 복용하고 있

78

는 게 우려스럽다고 했다. 의사는 자신의 모니터를 내 쪽으로 돌려 할아버지가 복용 중인 약 종류를 하나하나 설명해 주었다. 당뇨약, 혈압약, 관절약, 간 보호제, 위장약, 치매약, 진통제, 항우울제와 수면제…… 세어 보니 열 가지가 넘었다.

　의사는 지난 이틀간 할아버지가 밤에 보인 이상행동 증세에 대해 설명해 주었다. 하루는 새벽에 잠에서 깬 할아버지가 보호사가 잠든 사이 병실을 나와 할머니를 만나러 가겠다고 엘리베이터를 타려 했다고 했다. 다음 날에는 새벽 중에 갑자기 돈이 없어졌다며 침대에서 내려와 캐리어를 열어 짐을 모두 꺼내 돈을 찾았다고 했다. 간호사와 보호사가 아침에 찾아 주겠다고 달래 봤지만 화를 내며 30분 넘게 짐을 뒤지다 겨우 잠이 들었다고, 의사는 모니터에 사진 한 장을 띄워 보여 주었다. 어두운 병실 바닥에 앉아 캐리어를 뒤지는 할아버지 모습이 찍힌 사진이었다. 의사는 치매의 영향도 있겠지만 여러 종류의 항우울제와 수면제 복용이 환각 증세를 일으키는 것 같다고, 다만 지금은 환자가 수면제에 의존하고 있고 우울감도 높기 때문에 한꺼번에 줄이기보다 서서히 약을 줄여 나가겠다고 말했다.

　할아버지의 그 많은 약들 중 항우울제와 수면제에는 어쩐지 내 책임이 섞여 있는 것처럼 느껴졌다. 당신이 처음 항우울제를 먹고 수면제를 처방받을 때 나는 아무것도 모르고 살아갔다는 죄책감이 들었다.

나 역시 할아버지가 알지 못하는 시간들을 살아가고
그중 어떤 슬픔은 당신이 결코 모르기를 바라면서도 그랬다.

의사에게 감사 인사를 하고 할아버지 병실로 향했다. 할
아버지는 침대에 비스듬히 누워 졸고 있었다. 몸을 살짝 흔
들어 깨웠다. 할아버지는 "왔냐" 하고 몸을 일으켜 앉았다.
의사가 보여 준 사진 속 할아버지 모습이 떠올랐다. 할아버
지와 잠시 산책을 하기 위해 외출 준비를 했다. 두툼한 아우
터와 모자까지 챙겨 쓴 할아버지와 함께 병원을 나섰다. 아
직까진 낮이 긴 10월의 오후였다. 할아버지는 병원 근처를
걷는 동안 오전에 했던 기억력 테스트 이야기를 했다. 의사
가 여러 가지를 물어봤는데 머릿속이 하얘져서 아무것도 대
답하지 못했다고 했다. 분명히 알던 건데 기억이 안 나더라
고 할아버지는 멈춰 서서 북받치듯 울었다. 할아버지 등을
어루만지면서 할아버지가 요즘 잠을 잘 못 자고 아파서 그렇
다고 다시 좋아질 거라고 말했다. 할아버지는 말했다.
　"정말 좋아질 수 있을까?"
　"네. 괜찮아질 거예요."
　대답을 하면서 거짓말하는 기분이 들었다.

할아버지와 조금 더 걷다가 내가 자주 가는 동네 책방으로 갔다. 사장님께 익숙하게 인사를 하고 할아버지와 테이블에 마주 앉아 황차를 시켜 나눠 마셨다. 할아버지는 떠는 손으로 내 잔에 차를 따라 주었다. 기다렸다가 두 손으로 잔을 감싸 쥐었다. 따뜻한 기운이 전해졌다. 책방에 내가 쓴 책이 판매 중이라 할아버지에게 보여 주었다. 할아버지는 책을 처음 보는 사람처럼 신기해했다. 사장님이 "이 책이 제일 잘 팔려요"라고 기분 좋은 농담을 해 줘서 할아버지도 "네" 하고 미소 지었다. 할아버지는 주머니에서 돈을 꺼내 내 책을 사고 싶다고 했다. 덕분에 나 돈 벌었다고 했더니 오랜만에 할아버지가 웃었다.

책방을 나와 병원으로 돌아가는 길. 할아버지가 말했다.

"내가 혹시 기억력상실증이 오면 돈이 많이 들까?"

"돈 하나도 안 들어요. 국가에서 지원되는 돈으로 병원비 내면 돼요. 걱정 마세요."

거짓말을 조금 보태 말했다. 할아버지는 고개를 끄덕하곤 조금 앞서 걸었다. 할아버지를 뒤따라 천천히 걸었다.

"오늘 나와서 참 행복했다."

"또 나오면 되죠. 자주는 못 나와도 주말에 또 나와요."

"됐다. 이 하루면 족하지."

길가에 서서 할아버지가 다시 울었다. 오후 4시. 반대편에서 하교하는 중학생 여자아이들이 걸어오고 있었다. 잠시 시선을 뺏길 만큼 웃는 얼굴이 환하고 예뻤다. 살아 있다는 게 반짝이는 생기로 느껴졌다. 할아버지의 등을 다독이며 울음이 잦아들길 기다렸다. 마른 등이 손바닥으로 만져졌다.

앞으로 나는 얼마나 더 자주
할아버지의 우는 얼굴을 보게 되는 걸까.
그때마다 나는 어떤 얼굴을 해야 하는 걸까.

힘드시겠지만 받아들여야 합니다.

몇 시간 전 의사가 해 준 말이 떠올랐다. 의사가 준 최선의 처방이었다.

신은 작고 가까운 곳에

병원에 입원한 지 2주가 지난 주말, 할머니의 몸이 한쪽으로 기울고 구토 증상이 있다는 연락을 받고 급하게 대학병원 응급실로 갔다. 뇌졸중일 가능성을 염두에 두고 한 MRI 검사에서 특이사항이 없어 내시경, CT 검사를 차례로 받았다. 밀려드는 응급환자와 할머니의 급격히 심해진 불안 증세 속에서 검사 결과를 기다리는 데 하루가 넘는 시간이 걸렸다. 세어 보니 응급실에 온 지 30시간이 지난 뒤였다. CT 검사 결과 신우신염과 패혈증이 확인돼 입원 치료가 결정됐다. 요양병원에서는 항생제 치료가 어려워서였다. 바로 병동으로 옮기는 줄 알았는데 빈자리가 없어 다시 몇 시간을 응급실에서

대기했다. 간호사는 일반 병동으로 입원하게 되면 보호자나 간병인이 24시간 상주를 해야 한다고 했다. 알겠다고 고개를 끄덕였지만 예상치 못한 상황에 막막해졌다.

조금 뒤 인사를 하러 온 담당의사는 보호자가 24시간 간병인을 고용하면 비용 부담이 클 거라며 병원에서 운영하는 간호간병 통합 병동에 입원하는 것을 권했다. 간호간병 통합 병동은 보호자 없는 병동으로 간호사와 간호조무사, 요양보호사가 함께 환자를 돌보는 병동을 뜻했다. 비용이 더 저렴하기도 하고 치매 환자의 경우 간병인들도 기피하기 때문에 간호사의 케어를 받는 것이 더 나을 거라고 했다. 의사의 배려에 감사했다. 그에겐 작은 친절이었을지 모르지만 내겐 응급실에 온 이후 처음으로 안심되는 순간이었다.

저녁 6시가 넘어 겨우 병동으로 옮겼다. 요양병원에 있다가 다시 낯선 환경의 대학병원 병실에 오게 된 할머니는 계속해서 불안 증세를 보였다. 자신보다 어린 사람에게도 높임말을 쓰고 누구에게나 예의 바르고 다정했던 할머니는 컨디션 체크를 하러 온 간호사에게 별것 아닌 이유로 큰소리로 화를 냈다. 당황한 간호사에게 죄송하다고 사과한 뒤 할머니 제발 그러지 말라고 빌듯이 말했다. 할머니도 자신의 의지와 다르게 행동하는 것일 텐데 그땐 할머니의 모습을 잘 받아들이지 못해 매번 마음이 무너졌다.

저녁 8시 이후엔 보호자 면회가 불가능했다. 여기가 어디냐고 자꾸 묻는 할머니에게 오늘 밤엔 잘 자야 한다고, 내일 회사 마치고 올 테니 걱정 말라고 손을 잡고 당부했다. 무겁고 우울한 발걸음을 떼며 집으로 돌아가는 버스 안에서 당분간은 제발 아무 일도 일어나지 않기를 바랐다.

다음 날 아침 통합 병동에서 문자메시지가 왔다. 할머니의 식사량과 컨디션에 관한 안내였다. 이런 서비스도 있구나, 휴대전화 화면을 보며 안도했다. 짧은 메시지 덕분에 오전 내내 마음이 놓였다.

그날 오후, 병원에서 전화가 걸려 왔다. 병원 전화번호란 걸 확인하자마자 심장이 빠르게 뛰었다. 수화기 너머 간호사는 할머니의 치매 증상과 이상행동이 심해 병동에서 도저히 케어가 힘드니 일반 병동으로 옮기셔야겠다고 말했다. 간호사의 말을 들으며 그녀의 잘못이 아닌 걸 알면서도 그럼 저보고 어떡하란 말이냐는 말이 목끝까지 차올랐다. 근무 중이라 바로 갈 수 없다는 말에도, 간호사는 최대한 빨리 병원으로 오셔야 된다고 말했다. 알겠다고 대답을 하는 동시에 울음이 터졌다. 일상이 한쪽으로 완전히 기울고 있었다.

할머니를 일반 병동으로 옮긴 뒤 이번에는 24시간 상주 간병인을 알아봤다. 병원 안내데스크에선 거래하는 네 군데의 간병인 지원 센터 전화번호를 알려 주었다. 로비 한쪽에

서서 순서대로 전화를 걸었다. 처음 두 곳에선 치매 환자란 이유로 거절을 당했다.

"치매 환자는 아무도 안 맡으려고 해요"
말하는 목소리를 들으며
그렇게 말하시면 안 되죠,
따져 묻지도 못했다.

상대적으로 편한 환자를 맡고 싶어 하는 그들의 마음이 이해되지 않는 건 아니었으니까.

기도하는 마음으로 전화한 세 번째 지원 센터에서 어렵게 간병인을 구했다. 전화를 받은 여성은 센터의 관리자로 보였고 30분 안으로 간병인이 병실로 찾아갈 테니 기다리고 있으라고 말했다. 감사하다고 수화기를 붙잡고 여러 번 인사했다. 병실로 돌아가 할머니 곁에서 간병인을 기다리는 동안 조마조마했다. 병실에 들어선 간병인이 할머니를 보고 혹시나 인상을 찌푸릴까 봐, 생각보다 나빠 보여 당황해하는 표정을 보일까 봐, 그 앞에서 내가 아무 말도 못하게 될까 봐, 할머니의 마음보다 간병인의 기분을 맞추게 될까 봐.

정말 30분이 안 돼 간병인으로 보이는 한 사람이 병실 문을 열고 들어왔다. 긴 간병을 끝내고 집으로 가는 길에 호출을 받았다는 그녀는 자신의 몸집만 한 큰 배낭을 메고 있었다. 나와 간단한 인사를 나눈 그녀는 할머니를 보자마자 얼굴을 가까이 대고 볼을 부비며 인사했다.

"안녕하세요, 할머니. 우리 오늘부터 잘 지내 보입시더."

그녀는 익숙하게 짐을 풀며 최선을 다해 돌볼 테니 걱정 말라며 웃었다. 67세, 김정화란 이름을 가진 간병인이었다.

나는 그녀를 어머니라는 호칭으로 불렀고 대학병원에서 그녀가 할머니를 돌봐 준 2주의 시간 동안 할머니는 눈에 띄게 안정을 찾아갔다. 그녀는 할머니를 매일 씻겨 주고 단정하게 머리를 빗겨 주는 사람이었고 로션도 꼼꼼하게 발라 줘 할머니의 몸에선 늘 좋은 냄새가 났다. 이야기를 할 땐 항상 볼을 부비며 말했고, 하루에 한 번씩 할머니를 휠체어에 태워 산책을 나갔다. 오랜 시간 그 일을 해 온 요령이 있다고 해도 서지 못하는 할머니를 안아 휠체어에 태우는 일은 결코 쉽지가 않을 터였다.

병원 밖으로 셋이 함께 산책을 나갔던 날. 일부러 볕이 드는 곳에 휠체어를 세운 그녀는 주머니에서 요플레를 꺼내 할머니에게 천천히 떠먹여 줬다. "할머니 맛있어요?" 묻는 그녀에게 할머니는 "딸기가 들었네요" 하고 웃었다. 그 장면을 바라보면서 지금까지 본 적 없는 아름다움이라는 생각을 했다.

그녀의 간이침대는 할머니 침대 옆에 바짝 붙어 있는

데, 그래야 할머니가 옆에 누군가 있다는 걸 알고 안심하고 잔다고 했다. 그녀는 출근 전이나 퇴근 후 병원에 들르는 내게 수고가 많다 다독여 줬고, 걱정하지 말라고 안심시켜 줬다. 사람이 사람에게 전해 줄 수 있는 평화를 느낄 수 있었다. 우리에게 구원을 주는 신 같은 존재는 생각보다 작고 가까운 곳에 있음을 이해하는 날들이었다. 덕분에 오랜만에 마음 편히 웃을 수 있던 나를 생각하면 그녀에게 갚을 수 없는 빚을 진 기분이 든다.

2주간 항생제 치료를 끝내고 요양병원으로 돌아가던 날, 그녀는 할머니가 꼭 건강해지길 바란다고 말했다. 병원을 떠나며 할머니가 괜찮아질 때까지 그녀에게 일대일 간병을 받을 수 있으면 좋을 텐데, 라는 생각을 했다. 물론 그렇게 된다면 8인실 병동 간병비의 여덟 배에 달하는 돈을 써야겠지만 가능하다면 그러고 싶었다.

그동안 정말 감사했다는 나의 문자에 "햄보캐라"고 답장을 보내 주던 그녀.

아마도 다시 만날 일은 없겠지만
당신이 늘 건강하고 행복하기를.
당신이 아플 때 꼭 당신과 같은 사람이
곁을 지켜 주기를.

그렇게 가족이 된다

고레에다 히로카즈 감독의 영화 〈그렇게 아버지가 된다〉를 보러 혼자 극장에 갔던 밤. 그날 상영관에선 나를 포함해 열 명이 안 되는 관객이 띄엄띄엄 앉아 영화를 보았다.

영화가 끝나고 엔딩크레딧이 오르는 동안 관객들은 조용히 상영관을 빠져나갔고 그들을 따라 나도 느지막이 걸어 나가던 중 한 사람이 우는 소리를 들었다. 어둑한 상영관에 서서 소리가 들리는 쪽을 바라봤다. 나와 비슷한 나이로 보이는 여성이었다. 그녀는 내가 사라질 때까지 상영관에 홀로 남아 울음을 그치지 못했다. 집으로 돌아가는 버스 안에서 영화의 장면들과 함께 극장에 남아 울던 그녀가 떠올랐다.

어쩌면 그녀의 아버지가 그녀를 울게 한 것일지도 모른다는 생각이 들었다.

그 후 같은 영화를 세 번쯤 더 보았다. 감독이 보여 주는 디테일에 감탄하면서 늘 마지막 장면에서 먹먹해졌다. 영화엔 서로의 친자가 병원에서 바뀐 줄 모르고 6년간 다른 배경에서 아이를 키운 두 부부가 나온다. 두 아버지 중 성공한 비즈니스맨인 료타는 아들 케이타에게 친절하지만 많은 시간을 아이와 함께 보내는 아버지는 아니다. 그는 매일 늦게 집으로 돌아오는 사람이고 케이타가 어버이날 선물로 만들어 준 종이꽃을 소파 틈에 흘려 잃어버리는 사람이다.

케이타를 친부모에게 보내고 난 뒤 뒤늦게 미안함을 깨달은 료타가 케이타를 만나러 가는 장면이 영화의 엔딩에 나온다. 상처받은 케이타는 자신을 찾아온 료타를 보고 뒤돌아서 도망치고 료타는 케이타를 쫓아간다. 갈림길에 접어들어 난간을 사이에 두고 멀찍이 떨어져 걷는 동안 케이타는 료타에게 말한다. "아빠는 아빠가 아니잖아." 그 말을 들은 료타는 말한다. "네가 만들어 준 꽃을 잃어버려서 미안해. 네가 아빠 사진을 몰래 찍어 줬던 걸 몰라서 미안해. 그런데 케이타. 너에게 제대로 해 주진 못했지만 나도 아빠였어. 6년간 너의 아빠였어."

료타의 말을 들으며 용서하듯
걸음이 점점 느려지던 케이타의 작은 몸을 보면서
달려가서 저 아이를 안아 줄 수 있다면 좋겠다고 생각했다.

영화를 보는 동안 나 또한 자연스레 내 아버지를 떠올릴 수밖에 없었는데 영화에 나오는 두 아버지에게서 내 아버지를 보았기 때문은 아니었다. 내 아버지는 두 아버지와는 또 다른 아버지다. 다만 세상에는 아버지가 되는 데 남들보다 더 시간이 필요한 아버지도 있다는 걸 영화가 보여 주는 것 같았고 덕분에 나도 내 아버지를 조금 더 관대하게 바라볼 수 있었다.

기억 속 아버지와 나는 한번도 같이 살았던 적이 없다. 우리가 보낸 시간을 물리적으로 합할 수 있다면 2년 연애하고 헤어진 연인이 함께 보낸 시간보다 적을 것이다. 열아홉의 아버지는 제 나이의 친구들보다 이르게 아버지가 되었고 어리고 못미더운 자식을 대신해 할머니 할아버지가 나를 거둬 키웠다. 어린아이였을 때 아버지와 함께 산 시간이 있을 테지만 장면으로 남아 있는 시간은 없다.

할머니 말에 따르면 이상하게 여자들이 제 품에 감싸 주고 싶어 했다는 아버지는 내가 자라는 동안 여러 번의 연애를 했고 나는 엄마가 될지도 모르는 여자와 어색하게 밥을 먹거나 한 방에서 같이 자기도 했다. 내가 열한 살이 됐을 무렵 아버지는 지금의 엄마를 만나 한 사람의 남편이 되었고 그 후 나와 열두 살, 열여덟 살 차이 나는 두 동생의 아버지가 되었다. 나를 빼고 나면 아버지 나이에 어울리는 평범한 가정의 모습이었다.

가족관계증명서를 떼면 부의 자리에 아버지의 이름이, 모의 자리엔 생사도 모르는 친엄마의 이름이 적혀 있었지만 아버지는 1년에 열 번도 채 보지 않는 사람이었다. 나는 등본을 떼면 내 위에 이름이 올라 있는 할머니 할아버지 아래서 유년기를 보냈다.

스무 살이 되어 집을 떠나 살기 전 아버지가 집에 오는 주말엔 오르막길을 오르는 차 소리로 아버지가 왔다는 걸 알았다. 가스 배달을 하는 아버지의 용달차는 멀리서부터 가스통이 부딪히는 소리를 냈다. 소리가 가까워지다 멈추면 아버지 차가 도착했다는 걸 알았지만 마당에 나가 보지 않고 태연한 척 텔레비전을 봤다. 어린 나는 아버지가 집으로 오는 게 좋았지만 오지 않는 시간이 더 긴 사람을 단번에 용서해도 되는지, 아버지를 반기는 마음이 할머니 할아버지를 배반하는 일은 아닌지, 아버지에게 부담을 주는 일은 아닌지, 매번 헷갈리는 마음을 보이지 않게 잘 숨겨야 했다. 그래서 결국엔 무덤덤한 쪽을 택했다.

아버지는 못 본 사이 불쑥 자라 있는 나를 볼 때마다 어떻게 해야 할지 모르는 사람처럼 굴었다. 그건 나도 마찬가지였다. 아버지가 알고 있는 나에 관한 단서는 아주 적었고 아버지는 그 단서들에 의존해 나를 대했다.

간식으로 아버지는 주로 통닭이나 햄버거 세트를 사 왔다. 아이들이 대개 좋아할 만한 음식이고 중학생 때까진 나도 가장 좋아하는 음식이었으니까. 자라면서 내 입맛이 어떻게 변하는지, 무엇을 잘 먹는지는 함께 시간을 보내는 이들이 자연스럽게 아는 거였다. 아버지가 사 온 다른 음식들 중 잘 먹는 게 있으면 아버지는 한동안 그 음식만 사 왔다. 항상 너무 많은 양을 사 와서 별로 먹고 싶지 않은 날에도 억지로 다 먹어야 했지만 그게 아버지만의 노력이란 걸 알았다.

급한 성격에 다혈질인 아버지는 자주 동생들에게 인상을 쓰고 큰소리를 냈지만 나에게는 화를 내지 않았다. 나 또한 할머니보다 아버지에게 더 관대하게 굴 수 있었다. 우리는 서로에게 조심하는 사이였기 때문이다.

식구들과 집에 왔다가 돌아가는 때가 되면 아버지는 나를 불러 몰래 만 원짜리 몇 장을 손에 쥐여 주었다. 배웅을 하러 마당에 나가면 엄마와 동생들이 인사를 하고 자연스럽게 아버지 차에 탔다. 나는 할머니 할아버지와 마당에 남아 차를 향해 손을 흔들었다. 나도 아버지 차를 타고 가는 사람이라면 어떨까 생각해 봤지만 아버지를 따라가고 싶었던 건 아니다. 다만 차가 떠날 때까지 마당에 서 있는 시간이 늘 어색했다.

동생들이 크면 자신들과 같은 아버지를 가진 나를,
늘 다른 방향으로 헤어지는 나를
뭐라고 생각할지 그게 조금 걱정됐을 뿐.
나의 삶은 아버지와 별개로 여기 있었다.

내가 스물이 넘어 아버지의 나이도 마흔이 넘었다. 어느 밤 전화를 걸어와 나도 이제 늙었나 보다, 세상이 무서워졌다, 말하던 아버지는 전보다 자주 전화를 걸고 문자를 보냈다. 집을 떠나 혼자 사는 게 익숙해지고 있던 나는 그때마다 어떤 말을 해야 할지 몰라 답장을 미루거나 전화를 받지 않는 쪽을 택했다. 먼저 연락을 하는 일도 거의 없었다. 왜 먼저 전화하지 않느냐고 아버지가 물어볼 때면 나 원래 연락 잘 안 하는 성격이라고 웃어 넘겼다. 이제 와 아버지가 미워서 그런 건 아니었다. 아버지 휴대전화에 내 전화번호가 '큰 공주님'이라고 저장되어 있다는 걸, 내가 출연한 방송 영상을 갤러리에 저장해 두고 자주 본다는 걸, 내가 당신의 자랑이라는 걸 모르지 않았다. 다만 그게 편했다. 어른이 되면 친구를 사귀는 일도 어려운데 아버지와 딸이 쉬울 리 없었다.

엄마는 좋은 사람이었고 동생들도 자라는 동안 줄곧 나를 잘 따랐다. 할머니 할아버지와 아버지의 사이도 덜 날카로워지면서 집에도 평화 비슷한 게 찾아왔다. 이 정도면 크게 나쁘지 않은 가족이라고, 이 정도 거리를 유지하며 살아가고 싶다고 생각했다. 내가 서른이 다 돼 아버지가 오십을 앞두고 있을 즈음이었다.

관계에 변화가 생긴 것은 할머니 할아버지가 아프고 나서다. 두 사람이 겪는 아픔의 종류는 그들에게도 처음이었지만 아버지와 나도 겪어 보지 못한 것이어서 우리는 자주 우왕좌왕했고 정신없이 서로에게 의지했다. 할머니 할아버지가 입원한 뒤로는 아버지와 거의 매일 통화를 했다. 아버지는 자신보다 똑똑하다 생각하는 나를 믿었고, 나는 책임지고 결정하는 것에 겁이 많았다. 재정적인 이유로도 아버지와 계속 상의해야 했다. 매달 청구되는 병원비와 할아버지의 밀린 카드값은 내가 감당할 수 있는 금액이 아니었다.

두 사람이 병원에 있을 땐 약속처럼 주말마다 만나서 함께 외출을 하고 밥을 먹었다. 때론 아버지와 나만 따로 밥을 먹는 시간도 생겼다. 그렇게 몇 달을 보내는 동안 두 사람의 병세가 나아지면서 아버지의 삶도 조금씩 눈에 들어왔다. 전보다 아버지의 몸이 작아 보이고 불쌍해 보이고 이해되는 만큼 아버지와 있는 시간도 덜 불편해졌다. 두 사람에게 안 좋은 일이 생길 때마다 혼자라면 버거웠을 짐을 아버지와 나눠 가진 것처럼 느껴졌다. 내가 많이 부족하고 어리석다는 걸 느낄 때면 어떻게든 해 본다는 아버지의 무대포가 안심이 됐다. 돌아보니 지난 몇 달은 아버지와 내가 살면서 가장 많은 시간을 보내는 날들이었다. 어떤 아버지와 딸이 평생 보낸 시간에 비하면 짧은 시간일 테지만 우리에겐 지금 이 속도로 쌓이는 시간도 괜찮다는 생각이 든다.

〈그렇게 아버지가 된다〉의 또 다른 아버지 유다이는 소도시에서 작은 전파상을 운영하며 산다. 유다이 부부와 세 명의 아이들, 유다이의 장인어른이 함께 사는 방은 전파상과 연결돼 있어 아이들과 유다이는 대부분의 시간을 서로 공유하며 살아간다. 오늘 할 일은 내일로 미루자는 느긋한 인생관 덕분에 넉넉하게 살진 못하지만 유다이는 좁은 욕조에서 아이들과 함께 목욕하고 같은 방에서 잠이 드는, 고장 난 장난감을 공들여 고쳐 줄 줄 아는 다정한 아버지다. 그는 "시간만 중요한 게 아니다. 자신이 아니면 할 수 없는 일이 있다"는 료타에게 말한다. "아버지란 일도 다른 사람은 못 하는 거죠. 아이들에겐 결국 시간이라고요."

나의 아버지는 여전히 내가 무슨 음식을 좋아하는지, 정확히 무슨 일을 하는지, 무슨 고민을 안고 살아가는지 잘 모른다. 그건 나도 마찬가지다. 앞으로도 다 알고 살 수는 없을 것이다. 다만 언제고 건강할 줄 알았던 아버지가 당뇨약을 먹고 있다는 것, 설렁탕을 먹을 땐 다대기와 깍두기 국물을 넣는다는 것, 파스타를 좋아하지 않고 커피는 단것만 마신다는 것, 걸어갈 땐 혼자서 먼저 걸어가는 사람이라는 것⋯⋯ 내 아버지를 아버지이게 하는 디테일을 눈치로 알아채며 살아가는 중이다.

　시간이 더 쌓이다 보면 언젠가 아버지도 멀리 있는 사람들은 찾아내기 힘든 사소한 단서들로 나를 기억하게 될 것이다. 서른이 넘은 자식과 오십이 넘은 아버지.

이제야 시간을 조금씩 나눠 갖는 사람들이 있다.
그렇게 아버지가 되는 사람이 있다.
가족이 되는 두 사람이 있다.

우리의 처음들

할머니가 아프고 처음 해 보는 일이 늘었다. 병원에 온 이후로 누워만 있는 할머니의 시간은 욕창 방지 매트가 깔린 침대 위에서 흐른다. 하루 세 번 밥을 먹는 일, 누군가의 기척에 고개를 두리번거리는 일이 할머니가 할 수 있는 가장 큰 움직임이다.

병실에 가 할머니를 앉히려 몸을 일으켜 세우면 할머니의 뒷머리는 베개에 눌린 그대로 삐죽 뻗쳐 있다. 그럼 베개를 목뒤에 받쳐 주고 빗을 꺼내 할머니의 뒤통수를 빗어 준다. 서너 번 빗질한 다음 손바닥으로 쓰다듬으면 할머니는 나를 올려다보며 "왜?" 하고 아이처럼 묻는다. 나는 말없이 고개를 저으며 할머니의 머리카락을 다시 한 번 매만진다.

오래 눌려 있어 빗어도 뻗친 그대로지만
그렇게 해야 나아지는 마음이 있다.

　할머니와 이야기를 할 땐 귀에 가까이 얼굴을 대고 말을 건다. 그럼 할머니는 더 잘 들으려고 두 손을 동그랗게 모아 귀에 갖다댄다. 나는 그 동굴에 소리를 모아 주는 거다. 예전엔 할머니가 내 말을 못 듣고 뭐라고? 되물으면 멀리서 소리칠 줄만 알았다. 여러 번 같은 말을 하다 보면 꼭 짜증이 났다. 못 듣는 것이 할머니의 잘못이 아닌데도 말이다.
　손을 잡는 일도 이젠 익숙해졌다. 할머니는 나를 보면 동그랗게 웃는 얼굴로 손부터 먼저 잡는다. 두 손으로 내 손을 감싸 쥐곤 기분이 좋은지 쎄쎄쎄 하듯 흔든다. 언젠가 친구가 내 손과 할머니 손이 닮았다는 이야기를 해 준 이후로 할머니 손을 더욱 유심히 보게 된다. 두 사람의 손이 닮았다는 건 신기한 일이다.
　종종 할머니의 손과 손톱엔 보호사가 미처 닦아 내지 못한 대변이 묻어 있다. 물티슈로 꼼꼼히 닦아 내는 동안 자신의 손에 뭐가 묻었는지 당신은 잘 모른다. 때가 되면 할머니의 손톱을 깎고, 크림을 발라 준다. 할머니 손은 주름이 깊어서 크림이 고르게 발리지 않고 마디마다 하얗게 낀다. 손으로 어루만져 크림을 펴 바르는 동안 내가 이 손을 따뜻하게 잡아 본 적이 언제였나 떠올려 본다. 기억나지 않아 잡은 손에 힘이 들어간다.

밥을 먹을 땐 마주 앉아 떨리는 숟가락 위로 반찬을 하나씩 얹어 줘야 한다. 식사량이 적어 매번 한 숟갈만, 딱 한 숟갈만 더 먹자고 실랑이를 벌인다. 여러 방법으로 협상을 해 보지만 늘 지는 쪽은 나다. 밥을 먹고 난 다음엔 숟가락 위에 알약을 얹어 할머니 입에 넣어 준다. 손을 떠는 할머니는 약을 입에 가져가기도 전에 떨어뜨리고 마니까.

할머니의 소변으로 축축해진 기저귀를 갈아 보는 것도 처음, 양치질 하는 모습을 가까이에서 지켜보는 것도 처음, 머리를 감기고, 귀를 파 주고, 양말을 신겨 주고, 책을 읽어 주는 것도 모두 처음 해 보는 일들이다.

김애란 작가는 소설 《두근두근 내 인생》에서 사람들이 아이를 낳는 이유는 자신이 기억하지 못하는 생을 다시 한 번 살아 보고 싶어서라고 했다. 나는 자식이 없는 대신 할머니 곁에서 비슷한 기분을 느낀다. 할머니와 보내는 시간들이 종종 나의 처음이 시작되던 시간으로 데려가 주기 때문이다. 아마도 당신은 나의 머리를 처음으로 빗기고 묶어 줬을 사람. 할머니는 자기 앞에 나를 앉혀 놓고 내 머리를 가지런히 빗어 방울이 달린 머리끈으로 꽉 묶어 주었다. 가끔은 너무 힘주어 묶는 바람에 방울이 튕겨져 나와 뒤통수를 콩 때렸다. 눈물이 핑 돌 만큼 아픈데 그때마다 할머니는 아프긴 뭐가 아프냐며 손으로 문질러 주었다. 묶고 나면 꼭 두피가 당기고 간지러웠다. 머리카락을 두 갈래로 나눠 귀엽게 따 준 사람도 할머니였을 거다. 그 머리를 좋아했는지 대여섯 살의 사진 속엔 대부분 갈래머리를 한 내가 웃고 있다.

내가 밥을 처음 먹은 건 언제였을까. 기억나는 건 중학생이던 때의 아침, 한 숟갈이라도 더 먹이려고 조미 김에 밥을 돌돌 말아 김밥을 만들던 할머니 모습이다. 학교 갈 시간이 다 돼 욕실에서 방으로 바쁘게 뛰어다니면 할머니는 하나만, 딱 하나만 더 먹으라고 부엌으로 나를 불렀다. 그럼 나는 셋에 한 번 정도 달려가 할머니가 입에 넣어 주는 김밥을 받아먹었고 늘 다 먹지 못하고 남겼다. 기름으로 반들대던 할머니의 갈라진 손끝과 고소하고 따뜻한 밥 냄새가 떠오른다.

어릴 땐 가루약이 어찌나 먹기 싫었는지 할머니가 숟가락에 약과 물을 타 주면 숨을 꾹 참고 받아 삼켰다. 쓴맛이 남아 인상을 찌푸리고 있으면 할머니는 늘 준비해 둔 사탕을 꺼내 주었지. 그게 우리의 협상이었을 거다. 그리고 또 뭐가 있을까.

내가 두 발로 걷고, 젓가락질을 하고,
몸이 자라고 말을 늘려 가는 동안
우리는 수많은 처음을 함께했을 것이다.

나와 할머니의 다른 점이 있다면 나의 처음들은 앞으로
더 건강하게 자라날, 지금보다는 꼭 나아질 미래에 기대어
있었다는 것이다. 자란다는 건 그런 것이니까.

지금 나에겐 할머니가 더 나빠지지 않길 바라는 기도만
남아 있다. 불씨가 얼마 남지 않은 불빛을 쬐고 있는 기분이
다. 꺼질 줄 알면서도 곁에 앉아 있는다. 아직은 견딜 수 있
는 온기가 남아 있으니까.

이토록 조용한 세상

언젠가 완화치료 병동에서 주치의로 일하는 분의 이야기를 들은 적 있다. 호스피스로 불리는 완화치료 병동 환자들은 대개 누워서 지낼 거라 생각하지만 간단한 산책이나 일상생활이 가능한 이들도 많다고 했다. 환자의 의식은 임종 즈음에 가라앉기 때문에 병원에서 보내는 그들의 하루는 매우 무료하게 흐른다는 거였다. 물 한 모금도 제대로 넘기지 못한 채로 3개월을 보냈던 어느 할머니는 의사의 회진 시간만 기다렸다고 했다. 신경 써 한마디라도 더 건네 보려 했지만 할머니에겐 늘 짧은 시간이었을 거라고.

노인 요양병원의 분위기도 크게 다르지 않다. 한 병실에 여덟 명의 환자들이 함께 지내지만 병실에서 꾸준히 소리를 내는 것은 텔레비전뿐이다. 가끔 보호자가 환자를 찾아오거나 간호사나 보호사가 환자와 대화하는 일이 있지만 짧은 시간이다.

입원한 지 오래된 할머니들은 병실의 할머니들을 부를 때 "저 집 할매", "앞집 할매"라고 불렀다. 침대가 할머니들의 집인 셈이다. 할머니들의 침대 간격은 겨우 한 걸음 정도인데 가까이에 누워 있으면서도 할머니들은 집에 혼자 누운 사람들처럼 대화하는 일이 거의 없다. 환자마다 병세가 다르기도 하고 80년 가까이 남으로 살아온 이들이 누운 채로 할 수 있는 이야기는 한정적이기 때문이다.

병실의 환자들 중 입원한 지 가장 오래된 금순 할머니는 체구가 작고 수줍음이 많은 할머니다. 구십이 다 되어 가는 할머니는 가끔 침대에 실례를 하지만 보행기에 의지해 화장실을 갈 수 있고 식사도 스스로 할 수 있다. 고구마나 사탕, 커피를 갖다드리면 할머니는 꼭 두 손으로 받아 눈을 맞추며 웃어 주곤 했다. 한 달 가까이 금순 할머니가 말하는 목소리를 들어 본 적 없어서 할머니는 말을 하지 못하는 사람일 거라 생각했다. 언젠가 화장실 거울 앞에서 깔끔하게 가르마를 타 머리를 빗는 금순 할머니를 본 적 있다. 거울에 비친 할머니의 얼굴을 건너보며 할머니는 언제쯤 말을 잃은 걸까 짐작해 보기도 했다.

어느 휴일 병실을 찾았을 때 금순 할머니의 딸들로 보이는 두 사람이 와 있었다. 딸들은 할머니의 손을 주무르면서 그동안의 건강과 안부를 물었다. 그날 금순 할머니의 목소리를 처음 들었다. 나는 잘 지낸다고, 밥도 잘 먹는다고 말하는 할머니 얼굴이 환했다. 금순 할머니를 보며 할머니도 자신의 목소리를 오랜만에 들었을 거란 생각이 들었다.

입원한 지 3개월쯤 지났을 때 할머니 병실에 새로운 할머니가 입원을 했다. 그전에 입원해 있던 할머니가 얼마 전 퇴원한 자리였다. 코에 호스를 꽂은 영심 할머니는 발끝만 스스로 움직일 수 있었고 고개도 돌리지 못했다. 영심 할머니는 병원에서 만난 환자들 중 가장 병세가 나빠 보였다. 할머니는 입도 잘 벌리지 못했기 때문에 보호사가 손가락 두 개 굵기만 한 주사기에 죽을 넣어 할머니 입술 안으로 조금씩 밀어 넣어 주었다. 병실을 자주 찾던 오십이 넘은 아들은 보호사 대신 숟가락으로 죽을 떠 할머니 입에 넣어 주고 싶어 했다. 아들이 할머니 입술에 숟가락을 대고 "엄마, 밥을 많이 먹어야 돼" 하고 말했다. 죽을 먹는 일은 아들의 바람처럼 잘 되지 않아서 할머니 입가로 죽이 흘러내렸다. 할머니는 옆에 선 아들을 쳐다보지 못하고 천장만 보며 "으으" 소리만 냈다.

할머니가 유일하게 낼 수 있는 소리였다. 할머니의 소리가 아들에게 말이 되어 닿을 수 있다면 좋겠다고 생각했다.

2주 정도 지나 영심 할머니의 상태가 조금 호전되었다. 주말 오후 아들과 딸이 함께 할머니를 찾아왔다. 역시 오십을 넘긴 듯한 딸이 할머니의 손과 발을 주무르며 말을 걸었다. 화장실에 다녀오는 길에 병실 앞 의자에 앉아 고개를 숙이고 있는 아들을 보았다. 얼마 뒤 병실에 돌아온 아들은 할머니 쪽으로 몸을 숙여 "엄마" 하고 불렀다. "엄마, 이제 갈게. 또 올게." 아들의 목소리에 영심 할머니가 "아아"라고 대답했다. 정확한 말은 아니지만 이전보다 말에 가까운 소리였다. 옆에 서 있던 딸이 "우리 엄마 말하나 봐" 했다. 아들이 할머니의 팔을 잡고 "엄마. 밥 많이 잡숴야 돼. 그래야 빨리 나아"라고 말했다. 이번에도 할머니는 "아아"라고 대답했다. 두 사람은 몇 마디를 더 나눴다. "잘 지내야 돼 엄마." "아아." "또 올게, 걱정하지 말고 잘 있어." "아아."

영심 할머니의 딸과 아들이 어렵게 자리를 떠났다. 엄마, 갈게요. 잘 있어요. 인사한 뒤 바로 가지 못하고 주춤거렸다.

말소리가 사라지자 병실이 다시 조용해졌다. 천장을 보며 누운 영심 할머니를 바라보며 영심 할머니의 마음에 고여 있는 말들을 생각했다. 누군가 다시 말을 걸어 주기까지 영심 할머니는 계속 같은 자세로 침대에 누워 긴 하루를 견뎌야 할 터였다. 그건 내가 할머니를 떠올릴 때 가장 많이 하는 생각이기도 했다. 할머니를 잊고 하루를 보내다가도 문득 할머니의 시간이 떠오를 때면 마음이 멈추는 기분이 들었다. 그리고 무거운 마음으로 바라게 됐다.

당신이 누군가의 말을 너무 기다리지 않고 잠들기를, 할머니의 세상이 너무 조용하지 않기를.

일이 있어 3일간 병원에 가지 못한 때가 있었다. 나흘 만에 병실에 찾아갔을 때 영심 할머니의 침대가 비어 있었다. 할머니에게 영심 할머니 어디 가셨냐고 물었더니 가족들과 집으로 돌아갔다고 대답했다. 나아지는가 싶더니 갑자기 나빠져서 의사 선생님이 가족들을 불렀다고 했다. 더 이상의 치료는 의미 없으니 집에서 임종을 준비하는 게 좋겠다고. 영심 할머니가 떠난 빈 침대를 보았다. 곧 다른 할머니로 채워질 자리였다. 영심 할머니는 가족들의 목소리를 들으며 편하게 눈을 감았을까. 대화 한번 해 본 적 없지만 당신이 아프지 않은 세상으로 잘 건너갔기를 진심으로 바랐다.

10분의 위로

할머니가 손으로 대변을 만진다는 이야기를 들은 날. 병원에서 걸려온 전화를 끊고는 눈을 감고 가만히 앉아 있었다. 심장이 빠르게 뛰는 게 느껴졌다. 생각했다. 모든 게 나쁜 꿈이었으면 좋겠다고.

병원에 온 지 일주일이 지난 무렵부터 할머니는 습관처럼 기저귀 안으로 손을 넣었다. 꼭 대변을 본 기저귀에 손을 넣었고, 손에 묻은 대변을 닦아 내듯 환자복과 이불에 묻혔다. 그즈음 할머니에게선 늘 나쁜 냄새가 났다. 당황한 얼굴로 왜 그랬느냐고 물으면 자신이 언제 그랬냐고, 그런 적 없다고 화를 냈다.

얼마 안 가 보호사들도 난색을 표했다. 병실에 갈 때면 네 할머니를 다 씻겨 놨더니 그새 또 묻혔다며 한숨을 쉬었다. 꼼꼼하지 못한 보호사가 있는 날엔 할머니 손과 손톱에 대변이 다 닦이지 않고 묻어 있었다.

할머니를 보며 처음엔 수치스러웠고, 이렇게 된 당신이 불쌍했고, 어떻게 해야 할지 몰라 무서웠다. 화를 내면서 다그치고, 울면서 달래도 보고. 그러다 내가 할 수 있는 건 기도하는 마음으로 약속을 하는 일이었다. "할머니 제발 그러지 마. 다신 안 하겠다고 약속해." 그럼 할머니도 울면서 "다신 안 그럴게. 약속할게"라고 했다. 손가락을 거는 할머니의 표정이 정말 같아서 이젠 정말 괜찮아질 거라고 믿고 싶었다. 하지만 할머니는 금세 잊었다.

이런 상황이 계속되니 병원에서도 곤란해했다. 얼마 후, 담당 간호사가 면담을 하자며 이야기를 꺼냈다.

"보호자님. 저희 쪽에서도 최대한 케어를 하겠지만 할머니의 이상행동이 계속될 경우 손에 장갑을 씌우거나 묶게 될 수도 있습니다."

간호사의 말을 들으며 무슨 말을 해야 할지 몰라 침을 삼켰다. 간호사는 눈을 맞추며 친절하게 말을 이었다.

"저희가 강제로 할 수는 없고요. 만약의 상황이 오면 보호자님께 동의를 구할 겁니다. 마음의 준비를 하고 계시는 게 좋겠어요."

"혹시 다른 방법은 없을까요?"

간호사는 잠시 생각하더니 대답했다.

"할머니가 불안하셔서 그러실 수도 있으니까 조금만 더 지켜보죠. 혹시 모르니 우주복을 준비해 주시는 게 좋을 것 같아요."

"우주복이 뭔가요?"

"아이들 입는 옷이에요. 한 세트로 되어 있는."

그날 집으로 돌아와 인터넷으로 우주복을 검색했다. 신생아 우주복 이미지와 판매처가 검색 결과에 떴다. 아. 이런 걸 우주복이라고 하는구나. 가끔 인터넷에서 캐릭터 모양의 우주복을 입은 아이들을 보면 정말 귀엽다고 생각했었다. 검색창에 '노인 우주복'이라고 다시 입력했다. 검색 결과를 보며 노인 우주복이 '치매 환자복', '치매 대응복'으로 불린다는 걸 알았다. 한 사이트에 접속해 여러 종류의 옷을 살펴보았다. 할머니 할아버지 모델들이 열 몇 가지의 디자인을 입고 있었다. '체크 하트 하늘색', '국화꽃 분홍색', '해바라기 베이지', '보라 잎새'. 그중 가장 수수해 보이는 '해바라기 베이지'로 골랐다. 주문한 옷을 결제하는 동안 노인이 된다는 건 결국 아이로 돌아가는 일이라던 말이 생각났다.

그즈음 나는 누구에게라도 상담을 받고 싶었다. 매뉴얼

이 있다면 그 누구라도 내게 알려 줬음 싶었다. 뭐라도 하고 싶은 마음에 치매 상담을 검색해 봤다. 치매에 관한 여러 기사들 아래에 치매 상담 콜센터 전화번호가 있었다. 회사 밖 계단에 쪼그려 앉아 전화를 걸었다. 이런 걸로 전화를 해도 되는지, 무슨 말을 해야 하는지도 정확히 모르는 채로. 얼마 안 가 차분한 목소리의 상담원이 전화를 받았다. "무엇을 도와드릴까요?"라고 물었었나. 나는 수화기를 귀에 바짝 대고 생각나는 대로 말했다.

"안녕하세요. 저…… 상담을 받고 싶어서요. 저희 할머니가 치매 진단을 받으셨고 현재 요양병원에 계시는데요. 어…… 최근 들어 인지능력도 많이 떨어지시고, 갑자기 화를 내기도 하세요. 원래 그런 분이 아니었거든요. 그리고…… 요즘 들어 기저귀에 손을 넣어 대변을 만지시는데 할머니가 왜 그러시는 건지, 이럴 때 어떻게 해야 하는지 잘 모르겠어서요. 방법이 있을까요?"

이야기를 듣던 상담원은 말했다.

"보호자님, 많이 힘드시죠?"

순간, 따뜻한 바람이 내 등을 쓸어 주는 것 같았다.

"보호자님이 이야기해 주신 증상은 치매 노인들에게 자주 나타나는 증상입니다. 이유는 여러 가지가 있을 텐데요.

대변에 대한 인지가 떨어져서 그럴 수도 있고요. 기저귀가 익숙하지 않아서 본인이 대변을 치워야 한다는 생각에서 그럴 수도 있습니다. 그리고 할머니께서 손이 심심해서, 놀이가 필요해서 그러실 수도 있어요. 할머니는 자신이 한 행동을 지각하지 못할 확률이 높기 때문에 주변에서 더 신경을 써 주실 수밖에 없을 것 같은데요. 보호사에게 부탁해 할머니가 대변을 만질 수 없도록 평소보다 기저귀를 더 자주 갈아 주시거나, 할머니가 다른 곳에 신경을 쓸 수 있도록 손을 움직일 수 있는 무언가를 쥐여 주는 것도 방법이 될 것 같습니다."

나는 고개를 끄덕이며 물었다. 긴장이 풀리는 것 같았다.

"저 그럼, 하나만 더 여쭤 볼게요. 할머니를 요양원으로 모시면 어떨지 고민하고 있는데요. 혹시 시설에서 입소를 기피하지 않을까요."

상담원은 부드럽게, 그러나 확신을 주는 목소리로 답했다.

"보호자님. 걱정 마세요. 요양원은 할머니 같은 분에게 도움을 드리기 위해 있는 곳입니다."

상담원은 추가로 내가 사는 곳과 가까운 치매 안심 센터를 안내해 주며 말했다.

"보호자님. 도움이 필요하실 땐 언제든 연락 주세요."

10분 정도의 통화를 마치고 자리에서 일어섰다. 조금 전보다 발을 딛는 힘이 생긴 것 같았다.

상담을 받고 난 후 보호사에게 조금만 더 신경을 써 달라 부탁을 하고, 할머니 손에 익숙한 염주를 쥐여 주었다. "할머니, 이제부터 손이 심심할 때마다 염주를 만져." 누운 채로 염주알을 하나씩 굴리는 할머니 손을 보며 조금 더 빨리 상담을 받아 볼걸, 하고 생각했다.

할머니 제발 그러지 말라고,
두 사람 모두에게 상처가 될 약속을 하는 대신
다른 노력을 해 볼 수도 있던 거였다.

상담원이 알려 준 방법들이 할머니에게 정말 도움이 되었는지 알 수 없지만, 다행히도 병원 생활에 안정을 찾아가며 할머니가 기저귀에 손을 넣는 횟수가 현저히 줄어들었다.

가끔씩 병원 생활이 막막해질 때 수화기를 귀에 바짝 대고 상담원의 목소리를 들었던 날을 생각한다. 그날 내가 받은 가장 큰 위안은 생각보다 가까운 곳에 내게 도움을 주려 하는 사람이 있다는 사실이었다. 그 도움이 크든 작든, 실제로 내게 도움이 되든 혹 도움이 되지 않든 상관없이. 어쩌면 하루 여덟 시간을 혹은 그 이상을 전화기 앞에 앉아 있을 그 사람에게 당신 덕분에 자주 흔들리는 사람이 얻은 용기에 관

해 알려 주고 싶다. 아마도 나를 기억하지 못할 테지만 당신
은 그날 나에게 가장 필요한 위로를 주었다고.

우리가 아이였을 때

할머니 손톱을 깎아 주던 일요일 오후. 내게 손을 맡긴 할머니는 심심했는지 병원에서 있었던 일들을 재잘거렸다. 주름처럼 손톱도 나이 드는 걸까. 두껍고 윤기 없는 손톱을 바짝 깎지 않으려고 천천히 깎는 동안 어느새 조용해진 할머니가 꾸벅 졸았다. 언제 잠이 든 거지? 손을 멈추고 잠시 할머니 얼굴을 바라보았다. 몇 달 새 얼굴 살이 빠져 움푹 꺼진 두 눈이 보였다. 이렇게 할머니 얼굴을 가만히 지켜보는 일은 독립하기 전 함께 살던 때와 병원에 있는 지금뿐이다.

오래전 할머니와 둘이 자던 밤. 어쩌다 잠에서 깨는 밤엔 방 안이 너무 조용해 혼자 남겨진 건 아닐까 겁이 나곤 했다.

옆에 누운 할머니 코에 손을 대 보고
숨을 느끼고서야 안심하고 자던 밤.
그 밤, 어둠 속에서 골똘히 바라보던
할머니 얼굴은 어땠었나.

병원에 온 이후로 거의 매일 할머니 얼굴을 보고 있지만
어떤 날엔 할머니 얼굴이 본 적 없는 얼굴처럼 낯설게 느껴
진다.
할머니 베개를 바로 고쳐 주고 다시 고개를 숙여 손톱을
깎았다. 병실 한쪽에서 희미하게 들려오는 텔레비전 소리에
오래전 어떤 저녁이 떠올랐다.
아마도 열다섯. 이유는 기억나지 않지만 학교에서 안 좋
은 일이 있었는지 며칠간 제대로 잠을 자지 못한 날들이 있
었다. 하필 점심 먹은 것도 소화가 잘 안 돼 우울한 마음으로
집으로 돌아간 날. 시무룩한 나를 보고 무슨 일이 있냐는 할
머니에게 체한 것 같다고 했더니 할머니는 거실에 깔아 둔
요 위에 누워 보라 말했다. 가방을 벗고 누우니 할머니는 안
방 서랍에서 쑥뜸을 꺼내 와 팔과 다리 위에 올려 주었다. 김
이 오르며 나는 쑥 냄새와 몸에 퍼지던 따뜻한 기운. 그날 할
머니 옆에 누운 채로 무슨 대화를 했던 것 같은데 짧은 사이
까무룩 깊은 잠에 들었다. 텔레비전 소리를 들으며 눈을 떴

을 땐 해는 지고 거실에선 쑥 냄새가 나던 저녁이었다.

그날의 기억을 가까운 사람에게 말했다. 나에게 그런 저녁이 있었다고. 그날 잠에서 깨어났을 때 어찌나 개운하던지, 지금도 그 느낌은 선명하다고. 이야기를 하다 보니 근처에 있던 다른 시간도 함께 따라왔다.

비슷한 나이에 계절은 여름. 학교에서 집으로 돌아오면 햇볕에 데워진 등이 뜨거워서 옷도 갈아입지 않고 바로 거실에 눕길 좋아했는데. 할머니는 찬 바닥에 눕지 말고 요 위에 누우라고 해도 말을 잘 듣지 않고 바닥에 누워 있는 동안 서서히 열이 식는 느낌을 좋아했다고. 그러다 자주 잠이 들었는데 눈을 뜨면 어느새 저녁. 거실은 어둑해지고 부엌에선 할머니가 저녁을 준비하는 소리가 들렸다. 그럼 아, 이제 저녁 먹을 시간이구나, 생각했다고. 조금 높아진 목소리로 돌아갈 수 없는 시간에 대해 이야기했다.

이야기를 듣던 그 사람은 자신에게 남아 있는 어떤 저녁에 관해서도 말했다. 다섯 살 즈음. 거실에서 형이랑 놀던 중 퇴근하고 집으로 돌아온 아버지가 초인종을 누르면 방으로 쪼르르 뛰어가 이불을 덮어쓰고 자는 척을 했다고 한다. 그럼 아버지가 집으로 돌아온 모습 그대로 자신을 찾으러 왔는데 이상하게 그때 들었던 아버지의 발소리와 가까워지던 아버지의 냄새가 잊히지 않는다고 했다. 서른 후반의 아버지는 웃을 듯 말 듯한 목소리로 "현우 자니?"라고 물어보았고, 이불 속에서 "네. 자요"라고 대답해서 아버지가 소리 내 웃었다고 한다. "이 녀석아. 자는데 어떻게 대답하니?" 그제야 들킨 줄 알고 이불 밖으로 얼굴을 내밀고 자신도 따라 웃었다고. 그 장난을 여러 번 쳤지만 아버지는 늘 방에 들어와 "둘째 아들, 자니?"라고 물어보았다고 했다. 언제나 말수 적고 무뚝뚝한 아버지였는데 그게 아버지만의 다정함이었던 것 같다고. 은퇴 후 집에 계시는 아버지는 그가 퇴근해 집으로 돌아가면 소파에 앉아 텔레비전을 보고 계신다고 했다. 자식이 힘들게 번 돈이라며 용돈을 드려도 자신을 위해 쓸 줄 모르는 답답한 사람이라고. 어느 밤, 그는 아버지 어머니와 함께 먹을 간식을 사러 가는 길에 말했다. 어릴 때 퇴근한 아버지가 과자나 통닭이 담긴 비닐봉투를 거실 테이블 위에 올려놓곤 하셨는데. 가끔 이렇게 사 들고 집에 돌아갈 때면 그때 아버지가 왜 기분이 좋아 보였는지 알 것 같다고.

남은 손톱을 마저 깎는 동안 할머니가 잠에서 깼다. 저녁 5시. 곧 있으면 병원에서 저녁 식사가 나올 시간이었다. 깎은 손톱을 그러모아 휴지통에 버리며 함께 저녁을 먹던 시간을 떠올렸다. 조도가 낮은 주방에 마주 앉아 막 끓인 찌개를 떠먹던 할머니와 나. 철없이 반찬 투정을 할 때도, 할아버지 흉을 보는 할머니 말에 말없이 고개를 끄덕이던 때도 있었을 거다.

늙어 가는 부모를 바라볼 때
문득 아이일 때의 나를 돌아보는 순간이 온다.
그 시간 속 우리는 제 곁을 지나가는 시간이
다시 돌아오지 않는 줄 모르고
말갛고 어린 얼굴을 한 채 젊은 부모와 함께 있다.

그 많던 싱아는 누가 다 먹었을까

기억력에 도움이 될까 해서 할머니와 같이 책을 읽기로 했다. 집에 있는 책장을 살피다 고른 책은 박완서 작가의 《그 많던 싱아는 누가 다 먹었을까》. 박완서 작가와 할머니의 유년 시기가 비슷해 공감할 수 있는 이야기가 많을 것 같아서였다.

할머니는 책을 읽자는 말에 병원에 온 뒤 처음으로 돋보기를 꺼내 썼다. 너무 오랜만에 책을 읽어서 글자를 다 까먹었으면 어쩌나 걱정하던 할머니는 손가락으로 하나씩 짚어가며 제목을 읽었다. "그 많던, 싱아는, 누가 다, 먹었을까." 할머니는 기분이 좋으면 말소리에 음이 따라붙었고 덕분에 할머니의 독서는 구연동화 같은 분위기가 났다. 책의 첫장은 박적골에서 보낸 유년시절이 담긴 〈야성의 시기〉. "늘 코를 흘리고 다녔다. 콧물이 아니라 누렇고 차진 코여서 훌쩍거려도 잘 들어가지 않았다"라는 문장으로 시작하는 장이다. 조용한 병실에서 소리 내 책을 읽던 할머니는 첫 문장을 읽자마자 "맞아"라며 잠시 읽는 것을 멈췄다. '왜?'라는 표정으로 쳐다보자 할머니는 말했다. "나도 어릴 땐 콧물이 그렇게 나더라. 닦아도 닦아도 왜 자꾸 나는지. 그땐 왜 그랬을까?" 그 말을 하는 할머니 표정이 진지해서 나도 모르게 웃음이 터졌다.

할머니의 독서는 자주 멈췄고 속도가 더뎠다. 셋째 날이었나. 송도에 다녀온 할아버지가 독일 물감을 사 오는 구절을 읽던 날. 할머니는 "어쩜. 이렇게 나랑 비슷하냐" 하며 책장을 덮고 돋보기를 벗었다. 할 말이 있다는 신호였다. "왜? 할머니도 어릴 때 물감을 써 봤어?" 물으니 할머니는 기다렸다는 듯 말했다.

"그럼. 우리 집도 할아버지가 물감을 사다 주셨지."

"할머니도 그림 그리는 걸 좋아했어?"

"응. 우리 엄마가 그림을 잘 그렸거든."

할머니는 고이 접어 둔 시간을 펼치듯 이야기했다.

"내가 어렸을 때니까 다섯 살, 여섯 살 정도 됐을까. 엄마는 그림을 자주 그렸어. 뭘 그렸는지 잘 기억나지 않지만

난초도 그리고 마당에 핀 꽃도 그렸던 것 같아. 어찌나 잘 그리던지 나도 엄마처럼 그림을 그리고 싶었지. 어느 날엔 엄마가 내 그림을 보더니 희섭이 너는 나중에 화가가 되면 좋겠다고 했어. 나도 그러고 싶더라. 그림을 그리면 마음이 맑아지는 것 같았거든. 그런데 할아버지는 내가 그림 그리는 걸 싫어했어. 그림을 그리면 나중에 가난하게 산다는 거야. 할아버지는 내가 여자애여도 공부를 잘하길 바랐지. 그래도 내가 자꾸 그림을 그리니까 어느 날엔 할아버지가 물감이랑 붓을 다 숨겨 버렸어. 나는 그림 그리는 게 참 좋았는데."

그동안 중조할머니에 대해선 전쟁 이후 생사를 알 수 없었다는 이야기만 들어와서 할머니에게 몇 가지를 더 물어보았다. 할머니 엄마의 이름은 뭔지, 어떤 사람이었는지. 할머니는 엄마에 대한 기억이 거의 다 사라졌다면서 기억에 남아 있는 몇 가지를 알려 주었다. 엄마의 이름은 강필현. 진주에서 태어나 여주로 시집 온 사람. 예쁘고 성격이 다정했던 사람. 나를 아껴 주었던 사람. 전쟁 때 사라져 살았는지 죽었는지도 모르는 사람. 그리고 할머니는 말했다.

"너무 어릴 때 엄마를 잃었어.
나도 엄마가 있었다면 좋았을 텐데."

할머니는 아버지와 할아버지, 그러니까 나의 증조할아버지와 고조 할아버지의 이야기도 들려주었다. 할머니는 아버지 이야기를 하는 걸 좋아했고 그 이야기는 늘 비슷해서 자라는 동안 외울 만큼 들어 왔다. 법원에서 일하던 아버지가 전쟁 도중에 북한군에게 총 일곱 발을 맞아 죽었다는 이야기. 이번에도 그 이야기일 거라 생각했는데 예상과 달리 자신에게 행복으로 남아 있는 어떤 기억에 관해 들려주었다.

아이였던 할머니는 어머니보다 아버지를 조금 더 좋아했는데, 아버지에게 받는 사랑이 너무 좋아서였다고 한다. 아버지가 퇴근할 즈음 골목에서 기다리면 멀리서 아버지가 돌아오는 게 보였는데, 자신을 발견한 아버지가 본인을 보필하던 사람들을 먼저 보내고 할머니의 손을 잡고 함께 집으로 돌아가곤 했다고. 그때 올려다본 아버지 얼굴이 어찌나 좋았는지, 다시 한 번 볼 수 있다면 소원이 없을 거라 했다.

고조할아버지 이야기를 할 땐 할머니 목소리가 조금 더 높아졌다. 할머니의 할아버지 집은 여주에서 이름 난 부잣집이어서 문들이 겹겹이 있었다고 한다. 할아버지는 중요한 일이 잘 기억이 나지 않을 땐 일하는 사람을 불러 '애기씨'를 데리고 오라고 했는데, 그땐 어떻게 그럴 수 있었는지 어린 할머니는 할아버지가 묻는 것마다 또박또박 대답을 했다고 한다. 그럼 할아버지는 할머니를 대견해하며 주변 사람들에게 자랑하기를 좋아했다고. 이야기를 들려주던 할머니는 말했다. 그때 할아버지가 나한테 그랬어. 희섭이 너는 천재로 살아가게 될 거라고. 그런데 이렇게 됐지 뭐야.

마주 앉은 할머니의 얼굴에 70년 전의 시간이 머물다 갔다. 할머니는 오랜만에 기분이 좋아 보였고, 어머니와 아버지, 할아버지와 추억을 이야기하는 동안엔 여든 살의 할머니가 여덟 살의 어린아이처럼 느껴졌다. 언젠가 나도 30분 전의 일은 깜빡 잊으면서, 할머니 할아버지 기억은 어제 일처럼 생생하게 이야기하는 날이 올까. 그때 내 앞에 앉은 자식일지 손자일지 모를 누군가도 지금의 나처럼 생각할지도 모르겠다.

한번도 젊은 적이 없을 것 같은 주름진 얼굴로
할머니 할아버지 이야기를 꺼내는 내 얼굴이
아주 잠시 어린아이가 된 것 같았다고.

그러니까 그날은, 할머니의 얼굴에서 언젠가의 내 얼굴을 본 날이었다.

우리 엄마 생각이 많이 난다
6살때 땡기 엄마를 잊어 버렸다
엄마는 늘 그리웠 그렇다
나 보고 너무 열심히 해서 화가가

되라고 했다 그러다 나은
엄마 말씀이 생각 날때
보기요 많이 운다 날두고

어디 갔을 까 하늘 나라에

찾으면 빨리 나도 데려가요

엄마 부탁 합니다

강필현 엄마-이윤

보호자의 날들

"주보호자는 누구로 할까요?"

요양병원에 처음 갔던 날, 입원 절차를 설명하던 간호사가 물었다. 환자의 위급 상황이나 이상행동 시 혹은 추가 치료 및 투약을 결정할 때 주보호자에게 가장 먼저 연락이 간다고 했다. 이 병원을 결정한 사람도, 가장 가까이 사는 사람도 나였으므로 "저로 해 주시면 됩니다"라고 대답했다. 간호사는 "손녀분이시죠?"라고 물은 뒤 해당 서류에 내 이름과 연락처를 적었다.

606호 김홍무 환자, 302호 송희섭 환자의 보호자 김달님.

간호사가 건넨 여러 장의 서류에 내 이름을 서명하는 동안 성인이 돼 처음 보험에 가입하던 날이 떠올랐다. 보험설계사가 설명하는 내용을 제대로 이해하지 못한 채로, 그럼에도 모른다고 말하면 안 될 것 같은 기분으로 서류에 사인을 했다.

막연한 불안감과 함께 상담실을 나오면서 그제야 내가 누군가의 보호자로 살아 본 적이 없다는 사실을 깨달았다.

두 사람의 입원이 진행되는 동안 보호자란 어떤 사람인지 생각했다. 태어난 지 얼마 안 된 아이가 갑자기 열이 올라 신발을 짝짝이로 신은 줄도 모르고 울면서 병원으로 뛰어갔다던, 한 품에 안기도 작은 아이 팔에 들어가는 주사 바늘을 보며 제발 자신이 대신 아프게 해 달라고 빌었다던 친구의 이야기가 먼저 떠올랐다. 고등학교 야자 시간에 갑작스러운 복통으로 응급실에 실려 갔을 때 침대에 누워서 보았던, 헐레벌떡 뛰어온 할아버지 얼굴과 두 손을 모아 기도하던 할머니 모습도 생각났다.

돌아보면 할머니는 내가 아프면 자신의 잘못이 아닌데도 자신을 탓하며 울었다. 누군가의 보호자가 된다는 건 삶의 중심에 나 외에 다른 사람이 들어오는 일이라는 걸 그렇게 알았다.

때론 그 존재 쪽으로 제 삶이 미끄러지듯
기울기도 한다는 걸 어렴풋이 짐작만 한 채로
덜컥 두 사람의 보호자가 되었다.

　보호자로서 처음 맞닥뜨린 감정은 두려움이었다. 부모의 몸과 정신이 빠르게 무너지는 모습을 마주해야 할 때도, 보호자의 자격으로 판단해야 하는 수많은 일들 앞에서도 나는 자주 겁을 먹었다. 보호자는 어떤 상황에서든 침착하고 빠르게 결정하는 사람이어야 했고, 처음 겪는 문제 앞에서도 실수를 해선 안 됐다. 보호자의 결정이 환자의 삶에 직접적으로 영향을 미쳤으므로 의사의 말에 대답을 하면서, 처음 보는 서류에 사인을 하면서 아닌 척 속으로 떨었다.
　동시에 매일 두 사람에게 미안했다. 입원 이후 하루도 죄책감을 느끼지 않은 날이 없었다. 집에 돌아와 따뜻한 물로 샤워를 하다가, 정성스럽게 조리된 맛있는 음식을 먹다가 문득 마음이 조여 와 기분이 가라앉았다. 병원에 가지 않는 날엔 나를 위해 쓰는 시간이 낭비하는 일처럼 느껴졌다. 스스로 무리하고 있다는 걸 알면서도 한동안 매일 병원에 갔다. 주위에선 그렇게 하지 않아도 된다고, 누구도 너에게 시키지 않는다고 말했지만 그래야 그나마 편히 잘 수 있었다. 내게 필요한 건 두 사람을 위해 최선을 다하고 있다는 기분이었다. 그래야 덜 미안해할 수 있었다.

　노력과 달리 처음 몇 달은 상황이 나아지지 않고 자꾸만 나빠졌다. 육체적, 심리적 문제는 어떻게든 감당한다 생각했는데 돈 문제가 겹쳤다. 입원비, 치료비, 카드값이 한 달에 몇백씩 밀려왔다. 나는 적금을 깨고, 가족들은 여기저기서 돈을 끌어모았다. 내가 쓴 돈은 백만 단위였지만 다른 가족들이 쓴 돈은 천만 단위를 넘어갔다. 가족들의 삶이 빠르게 쪼그라드는 게 느껴졌다. 언제든 울 것 같은 기분으로 살다가 뜻하지 않은 순간에 참을 수 없이 화가 나고 눈물이 났다. 그렇게 3개월 치 병원비가 밀렸던 어느 밤. 퇴근 후 병원 비상구 계단을 오르다 걸음을 멈췄다. 조금 뒤 머리 위에 있던 센서등이 꺼졌다. 주위가 순식간에 어두워졌다. 한 발짝만 움직여도 밝아진다는 걸 알았지만 한동안 가만히 서 있었다. 손가락을 튕기면 무대에서 사라지는 어떤 속임수처럼, 그 자리에서 어두운 채로 사라지고 싶었다.

　시간이 더 지나자 우울감과 함께 무기력해졌다. 들키지 않고 싶었지만, 내가 조금씩 지쳐 가고 있다는 걸 그들도 모르지 않았을 것이다. 언젠가 좀처럼 웃지 않는 내게 할머니는 눈치를 보며 물었다. "많이 힘들지?" 나는 대답 대신 입을 다물었다. 그렇다고 말하게 될 것 같아서였다. 할머니는 말했다.

"네가 다녀가면 하루 종일 외롭지 않아."
나는 그 말이 외롭고 무서웠다.
할머니가 하루 종일 나만 기다리고 있다는 게.
할머니가 의지하는 사람이 고작 나라는 게.

할머니에게 나 아닌 한 사람이 더 있으면 좋겠다고 생각했다.
그럼에도 우리가 보내는 시간들이 대부분 그러하듯, 아주 힘들고 슬픈 일들만 이어지는 건 아니었다. 지금 우리가 이곳에 같이 있음으로 가질 수 있는 기쁨들이 있었다. 네 번의 계절을 느끼며 함께 산책을 할 때, 서른하나의 얼굴과 여든의 얼굴을 사진과 동영상으로 남길 때, 가까이 앉아 지나간 추억들을 되돌아볼 때. 지금의 내가 언젠가의 나를 위해 시간을 저금해 두는 기분이 들었다. 그리고 무엇보다 보호자의 날들을 견디게 해 주었던 주변 사람들의 고마운 마음이 있었다. 장마철, 방 안에 널어 둔 빨래에 반짝 스며든 햇빛 같은 호의들을 나는 기억한다.

대학 때 만난 고은 언니가 병문안을 왔던 날. 카페에 마주 앉아 커피를 마시던 중 언니가 책 선물을 건넸다. 읽고 싶었던 책이라 그 자리에서 책장을 넘겨봤는데 중간 페이지쯤에 5만 원짜리 두 장이 들어 있었다. 언니는 내가 바로 책을 펼쳐 볼 줄 몰랐다며 당황스러워했다. 언니는 말했다. 어떤 방법으로든 도움을 주고 싶은데 너에게 필요한 게 뭘까 많이 고민했다고. 언니는 10만 원은 큰돈이 아니니 부담 없이 받아주면 좋겠다고 말했다. 나는 받을 수 없다며 돈을 돌려주었다. 결코 넉넉지 않은 언니의 월급을 알고 있었고, 언제나 자신보다 다른 사람을 위해 돈을 쓰는 사람이란 걸 알아서였다. 언니는 부드럽지만 단호하게 말했다. "아픈 사람을 돌보다 보면 마음이 먼저 지치는 거야. 이 돈으로 네가 읽고 싶고 먹고 싶은 것을 샀으면 좋겠다." 언니는 10만 원을 다시 책 사이에 끼워 돌려주었다. 선뜻 받지 못하는 내게 언니는 덧붙였다. "주는 사람의 마음도 헤아려 줘. 주는 사람은 네가 받아야 기쁜 거야." 결국 서로의 마음을 조금씩 편들어 주는 선에서 5만 원만 받았다. 그 돈으로 2주에 한 번 지불하는 할아버지의 비급여 약값을 냈다. 덕분에 줄어들지 않은 통장 잔고를 보면서 잠시나마 마음이 펴지는 기분을 느꼈다.

수미 언니는 매주 금요일 나와 함께 병원으로 갔다. 언니의 제안이었다. 언니는 할머니에게 살뜰했다. 할머니의 이야기를 듣기 위해 몸을 기울이기까지 내겐 연습과 시간이 필요했는데 언니는 자연스레 몸을 숙여 할머니의 말을 들었다. 아프지 않게 다리를 주물러 주고 세숫대야에 따뜻한 물을 떠와 적신 손수건으로 손과 얼굴을 닦아 주었다. 병실에 물티슈가 자주 필요한 걸 알았고, 유기농 간식과 찐 고구마, 부드럽고 단 간식들을 매번 챙겨와 할머니 서랍에 넣어 주었다. 할머니는 자신의 말을 집중해서 들어 주고 자주 웃어 주는 수미 언니를 좋아했다. 어쩌면 언니는 지금까지 할머니가 만난 가장 다정한 타인일지 몰랐다. 언니는 내가 회사 일로 가지 못하는 날에도 병원에 들러 할머니를 보고 왔고, 수화기 너머로 할머니 안부를 전하는 언니의 목소리를 들으면 누군가가 환한 쪽으로 등을 밀어 주는 듯했다.

회사 점심시간과 퇴근 시간에 틈을 내 병원에 함께 와준 이들도 많았다. 그들은 모두 다정한 얼굴로 할머니의 손을 잡고 인사를 건넸다. 할머니는 자신을 찾아온 사람들에게 늘 이렇게 말했다. "이런 나를 찾아와 줘서 고마워요." 할머니는 그들이 주고 간 손수건을 목에 두르고, 낮고 폭신한 베개를 베고, 부드럽고 단 간식들을 입이 심심하지 않게 먹었다. 할머니의 시선이 닿는 곳엔 어버이날 선물로 받은 조화 카네이션이 유리병에 꽂혀 있고, 친구들과 산책을 나가 함께 찍은 사진이 붙어 있다. 할머니는 혼자 누워 있는 시간 동안 자신에게 다녀간 마음들을 지켜보고 만져 본다.

사람들의 호의가 할머니의 외로움을 덜어 준 거라 생각했는데 나의 외로움도 함께 가져갔음을 안다. 그들과 함께 있는 동안엔 잠시나마 한 발짝 물러날 수 있었으니까. 그 시간이 내겐 얼마나 숨 돌릴 틈이 되었는지 그들은 다 알지 못할 거다.

한 발 늦게도, 빚을 지고 나서야
혼자가 아니라 함께 살아가고 있음을 느낀다.

　기억력이 좋은 내가 이런 일들을 부디 잊고 살지 않기를. 병원을 나와 집으로 돌아가는 길에 '잘 살고 싶다'고 조그맣게 중얼거렸다.

3장

시간이 우리를
허락할 뿐

당신에게 있다

10월의 어느 토요일 오후. 할아버지와 함께 병원 근처로 산책을 나왔다. 오래된 주택가라 걸을 곳이 마땅치 않아 10분 거리에 있는 책방에 다녀오는 길이었다. 책방 맞은편에 있는 고등학교 건물을 지나면서 여긴 무슨 학교냐고 할아버지가 물었다. 친구가 졸업한 곳이라 이름을 외우고 있는 학교였다. 학교 이름을 들은 할아버지는 학교 옆으로 난 골목길을 가리키며 말했다.

"이렇게 쭉 가서 모퉁이를 돌아가는 게 꼭 네가 다닌 학교 같으다."

할아버지가 가리킨 골목길은 걷다가 왼쪽으로 돌아가

면 학교 뒷문이 나오는 길이었다.

"어느 학교요? 고등학교?"

"응. 너도 이렇게 쭉 가다가 모퉁이를 돌아 사라졌지."

내가 다닌 고등학교는 차도에서 학교 정문으로 이어지는 오르막을 걸어 왼쪽으로 돌아가면 학교로 들어갈 수 있었다. 가끔 학교로 나를 데려다주던 할아버지는 아마도 차창으로 건너봤을 내 모습을 기억하고 있는 듯했다. 교복을 입고 모퉁이를 돌아 사라졌을 나를 상상해 봤다.

나는 본 적 없는 한 시절의 뒷모습이
당신에게 있었다.

누군가의 보호자에게

어느 평일 저녁. 할아버지 병실이 있는 6층에서 엘리베이터를 타고 내려가는데 누가 타는지 3층에서 멈춰 섰다. 문이 열리자 머리가 하얗게 센 할머니와 딸로 보이는 한 여성이 함께 서 있었다. 딸이 배웅하는 엄마에게 인사한 뒤 엘리베이터에 탔다. 할머니는 걱정스러운 표정으로 빨리 가지 말고, 길 조심하고, 차 조심하라며 타이르듯 이야기했다. 등교할 때마다 할머니가 나에게 몇 번이고 당부하던 그 모습처럼.

딸은 고개를 끄덕이며 엄마에게 들어가라고 손짓했다. 엘리베이터 문이 닫히고 옆에 선 그녀의 얼굴을 힐끔 보았다. 내 아버지와 비슷한 나이이거나 조금 더 많아 보였다. 이

곳이 아닌 다른 곳에서 봤다면 누군가의 부모라고 생각했을 텐데, 저 사람도 나와 같이 부모에겐 어린 자식이구나, 생각 하니 나란히 서 있는 마음이 이상했다.

1층에 도착해 그녀와 다른 출구로 헤어졌다. 걷는 동안 조금 전 엄마의 배웅을 받은 딸의 마음을 짐작해 봤다. 병실 을 나설 때 나를 향해 손을 흔드는 할머니를 보는 내 마음과 비슷할까. 어쩌면 그녀도 자신이 어릴 때 엄마가 비슷한 잔 소리를 하던 모습이 떠올랐을까. 언제부턴가 병원에서 마주 치는 보호자들의 마음을 헤아려 보게 됐다. 가장 자주 만나 는 타인들이기도 했고, 비슷한 상황을 공유하고 있다는 이유 로 그들에게서 동질감이 느껴지기도 했다.

병원에 있는 동안 많은 보호자들을 보았다. 매번 엄마가 좋아하는 음식을 싸 오거나 주말이면 외출을 다녀오는 이들 도 있었고, 병실까지 와 놓고 왜인지 들어가지 못하고 간이의 자에 앉아 있는 이들도 있었다. 재산 문제로 싸우는 이들도 있었고, 어머니 얼굴을 아무 말도 없이 바라보거나 아버지에 게 등을 돌리고 앉아 있다 별말 없이 가는 이들도 있었다.

미안해하거나 미워하는 방식은 조금씩 달랐지만
그들에겐 비슷한 점이 있었다.
모두 한번에 떠나가지 못한다는 거였다.

다정하든, 얼굴도 제대로 보지 못하든, 화를 내든, 돌아설 땐 머뭇대다 한 번은 돌아보고 떠났다.

긴 시간 같은 병실을 쓴 환자의 보호자들에게선 처음엔 우왕좌왕하다 익숙해지는 시간을 보았고, 다정하던 사람들이 점점 지쳐 가는 모습도 보았다. 그들에게서 내가 지었던 표정과 언젠가 내가 짓게 될 표정을 보게 된다. 아마 그들도 내게서 비슷한 얼굴을 본 적 있지 않았을까.

그중 기억에 남는 보호자들의 얼굴이 있다. 입원한 지 얼마 안 됐을 때 할머니와 같은 병실을 쓰던 명희 할머니가 있었다. 코에 호스를 꽂은 채 누워만 있는 명희 할머니는 치매를 앓고 있었고, 보호사의 도움 없인 고개도 제대로 돌리지 못했다. 어느 주말, 두 명의 딸들이 할머니를 찾아왔다. 두 사람 중 언니로 보이는 분이 휴대전화에 저장된 사진들을 엄마 눈앞에 보여 주며 말을 걸었다. "엄마, 이 꽃 뭔지 알겠어? 엄마가 좋아하는 꽃이잖아. 얼마 전에 산에 갔는데 이 꽃이 폈더라고. 그래서 찍어 왔지." 명희 할머니는 재잘재잘 말을 거는 딸의 얼굴을 가만히 바라보았다. 딸은 또 다른 사진을 보여 주었다. "이건 엄마 손녀딸. 많이 컸지? 그리고 이건 나랑 이 서방 제주 놀러갔을 때." 말을 하는 사람은 있지만 대답은 들리지 않아서 딸의 목소리는 조용한 병실에서 독백처럼 흘렀다. 최대한 밝은 목소리로 이야기하던 큰딸은 아무 말도 하지 못하는 엄마의 얼굴을 바라보았다. "엄마, 내가 누군지 알아? 알면 눈을 깜빡여 줘." 명회 할머니는 그저 바라볼 뿐 아무 반응이 없었다. 침대 옆에 서 있던 동생이 눈물을 글썽였다. 말없이 고개를 끄덕이던 큰딸이 미소 지었다. "괜찮아. 기억 못 해도 돼." 그러곤 자신을 잊은 엄마의 얼굴을 쓸어 주었다.

할머니가 가장 오래 머물렀던 병실 출입문 쪽엔 연회 할머니 침대가 있었다. 연회 할머니도 걸을 수 없어 침대에만 누워 있는 환자였는데, 매일 저녁 할아버지가 아내의 저녁밥을 먹여 주러 찾아왔다. 할머니는 치매 증상이 심해 평소엔 멍하니 앉아 있다가 욕을 하거나 똥 마렵다, 쉬 마렵다 소리를 반복했는데 신기하게도 할아버지만 오면 얌전해졌다. 보호사도 할머니를 놀리려고 할아버지 앞에서 "할매, 아까는 나보고 미친년이라고 잘만 하더만 왜 아무 말도 안 하는데?" 하고 이르곤 했는데, 그럴 때마다 할아버지는 그저 미소만 지었다. 할아버지는 밥을 먹여 주고 나면 할머니의 얼굴을 쓰다듬어 주고, 몇 마디 대화를 나누다 돌아갔다.

연회 할머니는 순서를 밟아 가듯 차례로 나빠져서 점점 먹을 수 있는 음식이 줄어들었는데, 할아버지는 주머니에 간식을 넣어 와 연회 할머니 입에 몰래 넣어 주었다. 주로 바나나나 요플레, 부드러운 빵 종류였다. 나중에 안 보호사가 "할매 자꾸 먹으면 안 된다, 토한다" 나무라도 할아버지는 "먹고 싶다 카니까……" 하고 부끄러운 듯 웃었다. 보호사는 종종 할아버지에게 핀잔을 주면서도 가끔 병실에서 취소한 식사가 그대로 나오는 날엔 그 밥을 할아버지에게 몰래 챙겨 주곤 했다.

병원에 오래 다닌 보호자들은
보호사와 어떤 우정 같은 게 생긴다.

연희 할머니는 할아버지가 오면 좋아하지만 딸의 얼굴은 알아보지 못했다. 50대 중반의 딸은 직장에 다니는지 항상 분주한 모습으로 점심시간에 병원으로 왔다. 가끔은 엘리베이터를 기다릴 시간도 부족한지 계단을 두세 개씩 뛰듯이 올라갔다. 갈아 온 토마토나 바나나를 떠먹여 주고, 연희 할머니가 좋아하는 요구르트를 넉넉히 사와 병실에 돌리곤 했다. 그녀는 보호사에게도 사근사근하고 친절한 사람이었는데, 할머니는 그런 딸에게 자주 욕을 했다. 그래도 그녀는 인상 한번 안 찌푸리고 "엄마 왜 그래, 오늘은 뭐가 맘에 안 들어?" 하고 웃어 넘겼다.

어느 점심. 연희 할머니가 오전에 배앓이를 했다는 보호사의 말에, 그녀는 우선 다른 할머니들부터 요구르트를 나눠 주었다. 연희 할머니에게 줄 요구르트 냉기를 가시려는지 손에 쥐고서였다. 연희 할머니는 그런 딸을 보면서 나는 왜 안 주느냐고 망할 가시나야, 나도 달라며 욕을 했다. 할머니 곁으로 돌아온 그녀는 말했다. "우리 엄마. 나 싫어하니까 나중에 줄 거지롱. 엄마가 나 좋아해 주면 빨리 주지." 연희 할머니는 딸의 얼굴을 힐끔 보곤 요구르트를 쪽 빨아 마셨다. 딸이 너그러운 얼굴로 엄마를 봤다. 여유로운 다정함이 느껴졌다. 나는 다정함이 자주 촉박한데, 자꾸 참는다고 생각하게 되는데. 나는 그런 그녀의 다정함을 닮고 싶다고 생각했다.

어느 날엔 이런 대화를 들은 적도 있다. 병원에 입원한 지 한 달이 막 넘어가던 명애 할머니는 무기력하고 식사량도 거의 없었다. 보호사가 식사를 권하면 입맛도 없고, 그저 빨리 죽는 것이 소원이라고 늘 말하던 할머니였다. 어느 저녁에 할머니의 막내 아들이 병실로 찾아왔다. 할머니의 눈매를 닮은 아들이 침대에 걸터앉아 엄마와 이야기를 나눴다.

"엄마, 밥 잘 먹고 오래 살아야지."

"살아서 뭐할 거고. 니 결혼하는 것도 보고, 애 낳는 것도 봤는데."

"손자 결혼하는 것도 봐야지."

"걔가 언제 커서 결혼까지 하겠노. 됐다."

아들은 준비해 온 다른 협상 카드를 내밀듯 말했다.

"그럼 엄마. 나 부자 되는 거 봐야지."

명애 할머니가 아들을 봤다. 얘가 지금 뭔 소리 하는 거냐는 표정으로.

"나 로또 당첨될 거거든. 부자 돼서 잘사는 거 봐야지."

그 말에 명애 할머니가 웃었다. 아들의 설득이 통한 것 같았지만 할머니는 그 후로도 식사량이 늘지 않아 시름시름 나빠져 갔다. 다만 그 순간만이라도 명애 할머니는 '조금만 더 살아 볼까?' 하는 생각이 들지 않았을까. 병원에선 이대로 더 살고 싶다고 생각하는 일이 흔치 않으니까.

나 혼자서 반가웠던 보호자들도 있다. 희자 할머니는 비교적 젊은 나이의 환자다. 지적 능력이 조금 떨어지고 한쪽 다리를 절긴 하지만 대체로 혼자서 생활이 가능하다. 할머니는 심심한지 밥 먹을 때와 잘 때를 제외하곤 늘 병원 로비 의자에 앉아 있는다. 오가는 사람들을 구경하며 말을 걸고, 자판기에서 커피를 뽑아 마신다. 그리고 밥 시간에 침대로 돌아와 숟가락을 들기 전 꼭 아들에게 전화를 한다. 그게 희자 할머니에겐 기도인 것 같다. 수화기 너머 아들에게 밥 잘 먹으라고 말한 뒤 본인도 식사를 한다. 어느 날, 멀리 산다는 아들이 김밥 도시락을 싸서 찾아왔다. 할머니가 젊어선지 아들도 병원에 오는 다른 보호자들에 비해 젊어 보였다. 할머니가 아들을 보며 눈을 접으며 웃었다. 마침 점심시간이 다 돼 할머니와 아들이 마주 앉아 김밥을 나눠 먹었다. 그날은 희자 할머니에게 기도가 필요하지 않은 날이었다.

최근에 새로운 할머니가 입원했다. 평생 밭일을 하다 신장에 문제가 생겨 입원한 정자 할머니는 머리가 뜨겁다고 늘 젖은 손수건을 머리에 쓰고 있었다. 어느 날 보호사가 물었다. "어제 온 훤칠한 사람은 누굽니꺼." 할머니가 답했다. "우리 막냉이 아이가." 막냉이라는 어감 때문인지 무심결에 내 또래일지도 모른다고 생각했다. 다음 날 병실에 갔다가 정자 할머니의 막냉이를 보았다. 머리가 벗겨진 50대 남성이었다. 밭일 하다 들렀다고, 쌈이랑 과일을 푸짐하게 싸 와 할머니의 간이 책상 위에 올려 주었다. 아마 그날 병원에서 가장 싱싱한 식단이었을 거다. 식사를 마치고 할머니가 화장실에 가고 싶다고 했다. 막냉이 아들이 엄마를 부축하며 옆에 섰다. 한 팔로는 엄마의 몸을 지탱하고, 한 손으로는 엄마의 몸에 연결된 소변줄을 들고 두 사람이 나란히 걸었다. 병실을 나서는 뒷모습을 두 사람이 보지 못해 아쉬웠다. 물론 그들에겐 옆에 서 있던 순간이 남을 테지만.

하루에도 여러 명의 보호자들이 병실을 다녀간다. 언젠가 자신의 보호자였던 부모들을 보살피기 위한 모습으로. 8인실 병실은 트여 있고 그곳에서 우린 자주 서로를 본다. 가끔씩 어떤 보호자들에겐 내가 느꼈던 마음을 전하고 싶어질 때가 있다. 누군가 내게 해 준, 힘을 주었던 말들과 함께.

너무 자책하지 말고 조급해하지 마세요.
미워할 수 있고, 도망치고 싶다 생각해도 됩니다.
때론 어둡고 긴 터널을 혼자 지나가는 것 같아도
누군가를 지키려 했던 마음,
그 마음이 우리를 살게 하기도 할 테니까요.
다만 당신에게 꼭 숨 돌릴 틈이 있기를.

　　오늘도 건투를 빌듯, 누군가의 보호자에게 눈인사를 건넨다.

따뜻하고 맛있는 것

어느 주말 차를 타고 병원과 조금 떨어진 곳에 있는 샤브샤 브 식당에 다녀온 적이 있었다. 평소 고기를 잘 먹지 않는 할 머니는 처음 먹어 본 샤브샤브가 입맛에 맞았는지 며칠 후 문득 "그 음식 참 맛있더라"고 말했다. "샤브샤브?" 하고 물으 니 할머니는 고개를 끄덕이며 "내가 살면서 먹어 본 고기 국 물 중에 제일 맛있더라" 답했다. 다음에 또 가야겠네, 속으로 생각하는데 할머니가 덧붙여 말했다.

"네 아버지는 부천에서 어떻게 그런 데를 찾았냐?"

부천은 할머니가 결혼해 아들 하나, 딸 셋을 낳고 기른 도시다. 떠나 산 지 30년도 넘었지만 할머니의 시간은 가끔 그곳에 있다. 할머니는 자신이 몇 개월째 머물고 있는 곳이 창원이라는 걸 몇 번을 얘기해 줘도 잊는다. 매일 보는 풍경이 병실 안이라 자신이 어디에 있는지 자주 헷갈리는 건 당연한지도 모르겠다. "할머니, 그 식당은 아빠가 아니라 내가 찾은 거야." 장난처럼 말했더니 할머니는 중요한 당부를 하듯 말했다.

"따뜻하고 아주 맛있더라.
너는 꼭 맛있는 것 많이 먹으며 살아라."

따뜻하고 맛있는 것을 많이 먹으며 살 것. 할머니의 표정이 진지해서 그 말이 살아가는 데 중요한 지침처럼 들렸다. 얼마 안 가 할머니도 나도 이 말을 잊고 살게 되겠지만 언젠가 따뜻하고 맛있는 음식을 먹을 때면 문득 할머니의 당부를 들어주는 기분이 들지도 모르겠다고, 병실을 두리번거리는 할머니를 지켜보며 그런 생각을 했다.

구질구질한 세계가 문득 아름답게 보이는 순간

부천에 사는 둘째 고모 가족과 막내 고모가 찾아온 날. 일이 있어 오후 늦게 병원에 들렀을 땐 할머니 곁이 오랜만에 가족들로 북적이고 있었다. 근처에서 국수를 사 먹고 조금 전에 들어왔다고, 고모들은 할머니 외출복을 정리하고 간식을 서랍에 챙겨 넣으면서 부산을 떨었다. 삼형제가 돌아가며 찾아오는 옆 침대 할머니를 부러워했던 할머니도 그날은 자신을 둘러싼 자식들의 소란에 기분이 좋아 보였다. 할 말은 없지만 쉽게 갈 수는 없어 침대 주변을 서성이던 고모들은 또 언제 올 거냐는 할머니 말에 조만간 또 올 테니 밥 잘 드시고 있어야 한다고 말했다. 할머니는 한동안 그 말을 믿으며 살

거였다. 늦기 전에 어여 가라는 할머니를 두고 다 같이 병원을 나왔을 땐 저녁 6시가 넘어 있었다. 예상보다 늦어진 시간에 고모들은 창원에서 하루 자고 가야겠다고 말했다. "어디서 잘 건데?"라고 묻는 말에 둘째 고모는 당연한 걸 왜 묻냐는 듯 말했다.

"어디긴 어디야. 네 방에서 자야지."

"고모, 내 방 기억 안 나? 둘이 누워도 좁아."

"무슨 소리야. 다섯이 충분히 자."

"못 잔다니까? 그리고 고모 내 방 보면 더러워서 못 잔다고 할걸?"

"웃기지 마. 다 붙어서 자면 돼."

서로 괜찮아, 아니야 안 괜찮아를 반복하다 결국 고모부와 사촌동생은 근처 저렴한 모텔에서 자고 고모 둘만 내 방에서 자고 가기로 했다. 고모들과 택시를 타고 가는 동안 집을 나서기 전 방이 어땠는지, 숨길 물건은 없는지 머릿속으로 빠르게 생각했다. 다행히 아침에 이불도 털고 바닥도 쓸었으니 그 정도면 되겠다 싶었다.

깔끔한 성격의 둘째 고모는 집에 들어오자마자 잔소리를 시작했다. 고모는 빠르게 방을 훑으며 "도대체 이게 사람 사는 방이냐? 여기서 어떻게 살아?"라고 물었고 너무 잘 살고 있는데 왜 그러느냐고 했다가 두 배로 잔소리를 들었다. 그

사이 막내 고모는 화장실에 들어가 몰래 담배를 피웠고 둘째 고모는 "저거 또 담배 피우지?" 하곤 고개를 저었다. 화장실에서 막내 고모가 민망한지 작게 웃는 소리가 들렸다.

그날 밤 계절과 상관없이 있는 이불은 다 꺼내 펼치고 세 사람이 나란히 누웠다. 늘 혼자 자던 방에서 옆에 누운 고모들의 목소리를 듣고 있으니, 둘째 고모 집에 놀러가 고모네 가족들과 한 방에 누워 자던 때가 떠올랐다. 먹고 자는 식구 하나 느는 일이 고모의 빠듯한 생활에 얼마나 부담이 될지는 생각도 못 하고, 고등학교 졸업 때까지 방학만 되면 한 달 가까이 고모 집에서 지냈다. 그러고 보니 고모네 집 방도 지금보다 많이 크지 않았던 것 같은데. 그땐 불편한지 모르고 여름엔 선풍기 하나 틀고 네 사람이 다닥다닥 붙어 잤다. 주말엔 근처에 살던 막내 고모가 가끔 둘째 고모 집으로 놀러왔는데 30대 초반이었던 막내 고모는 짧은 청스커트를 입고 결혼할지도 모르는 남자와 자주 데이트를 하러 나갔다. 그때도 막내 고모는 둘째 고모 집 화장실에서 몰래 담배를 피우다 종종 혼이 났다. 얼마 지나지 않았다 생각했는데 세어 보니 15년이 지난 일이다.

그 시간 동안 우리 사이에 변한 것과 변하지 않은 것에 대해 생각해 봤다.

내가 아는 저 사람들은
삶이 자신들을 자꾸만 나쁜 쪽으로 몰아갈 때도
크게 싸우지 않고 언제나 손해를 감수하며 살았는데.

　결국 좋은 쪽으로 변한 것은 하나도 없는 것 같아 조금 억울한 기분이 들었다. 잠을 뒤척이는 사이, 먼저 잠든 줄 알았던 둘째 고모가 감기 때문에 코가 꽉 막힌 목소리로 말했다. 내일 일찍 일어나 다 같이 대청소를 하자고. 나는 "됐어. 무슨 청소야. 이대로 살다가 이사 갈 때 치울 거야" 말했지만 고모는 "웃기지 마" 하고 말을 막았다. 무슨 말을 더 하려는데 맨 가장자리 싱크대 바로 옆에 누워 있던 막내 고모가 "언니, 그럼 몇 시에 인나?" 하고 물었다. 둘째 고모는 대답 대신 "못 살아, 못 살아" 고개를 젓다 잠이 들었다.
　다음 날 아침 8시에 일어난 고모들은 집 전체를 탈탈 털듯 대청소를 시작했다. 밤사이 더 코맹맹이가 된 둘째 고모의 지휘 아래 쓸고 닦고 버릴 것을 버리다 보니 50리터짜리 쓰레기봉투 몇 개가 금세 찼다. 이 작은 방에 이렇게 버릴 게 많았나. 세 시간에 걸친 방 정리가 대충 끝나자 이번엔 냉장고와 창문, 욕실이 타깃이 됐다. 대충 하고 끝냈으면 좋겠는데 몇 시간이나 이어지는 청소와 "이거 버릴 거야?", "이건 뭐야?"라는 물음에 점점 짜증이 났다. "그만 좀 해! 여긴 내 방

이야!" 소리치고 다 같이 나가 점심이나 먹고 싶었다. 바람과 다르게 고모 둘은 잠시도 쉬지 않고 부지런히 몸을 움직였다. 한 명은 쪼그려 앉아 욕실 타일을 닦고, 한 명은 서랍장 위에 올라가 창틀을 닦는 모습을 보면서 '도대체 왜 이렇게까지 하는 거지?'라는 생각이 들었다.

결국 아침 일찍 시작한 청소는 점심시간을 넘겨서 끝이 났다. 기념으로, 이사한 사람들처럼 자장면과 탕수육을 시켜 먹었다. 내가 사는 거라 일부러 많이 주문했는데 여기는 음식이 왜 이렇게 맛이 없냐고 툴툴대던 둘째 고모는 점검하듯 방을 훑어보곤 말했다. "마지막으로 저것만 하고 가자." "또 뭐?" 하며 고모가 가리킨 곳을 보았다. 현관문이었다.

"현관문 사이로 찬바람 들어오잖아. 잘 때 발 시려 죽는 줄 알았어."

그 말을 하면서 고모는 코를 훌쩍였다. 웃풍이 센 내 방은 겨우내 보일러를 세게 틀어도 바닥만 뜨거워질 뿐 자는 동안 늘 코끝이 시렸다. 안 그래도 추위를 많이 타는 나는 그 방에서 자주 감기에 걸렸다.

대충 점심을 먹은 고모는 서둘러 지갑을 챙겨 나갈 채비를 했다. 근처 잡화점에 들러 마음에 드는 방풍 비닐을 사 온 고모는 막내 고모와 함께 현관에 비닐 문을 만드는 작업을 했다. 한 명이 의자 위에 올라가 현관 위쪽에 비닐을 붙이려고 하면 한 명이 밑에서 "오른쪽으로 조금만 더, 아니 왼쪽으로 조금만 더"를 말해 주는 식이었다. 호흡이 썩 잘 맞지 않는 두 사람의 우여곡절 끝에 현관문과 방 사이 바람을 한 겹막는 비닐 문이 생겼다. "아, 이제야 다 됐네." 한 발짝 떨어져 문을 확인하는 둘째 고모의 등이 전보다 더 말라 보였다.

둘째 고모는 열일곱 살 때부터 줄곧 공장에서 일하다 몇년 전 부천의 한 동네에 명태조림 식당을 차렸다. 젊은이들은 잘 오지 않는 옛 시가지에서 일주일 중 6일, 하루 열두 시간 영업을 했다. 빚을 내 차린 식당에 이상할 정도로 자주 찾아오는 무례한 사람들에게 명태조림을 팔고 설거지를 하는 동안 몸이 약한 고모는 자주 아팠다. 장사라도 잘됐으면 좋으련만, 빚이 더 늘기 전에 곧 가게를 정리하고 다시 공장에 들어갈 거라 했다. 막내 고모도 마찬가지. 거의 혼자 애 둘을 키우는 중에 살림과 부업까지 맡아 하면서. 카카오톡 프로필에 적어 놓은 '힘들어도 최선을 다하자'는 말을 스스로에게 하고 살면서 왜 여기까지 와서 굳이 고생을 하는 건지. 이런 날엔 근처 카페에서 좀 쉬다 가면 될걸.

"아휴. 삭신이 쑤신다. 이제 좀 치우고 살아, 이것아."

"그러니까 안 해 주면 되지. 왜 해 주고 더 아프고 그래?"

"어떻게 안 해, 이 기집애야."

결국 아침부터 청소만 한 고모들은 갈 길이 멀다며 집으로 바로 돌아갔다.

그날 밤엔 웃풍이 많이 나아져서 방 전체에 훈기가 돌았다. 잘 땐 늘 코끝과 발끝이 시렸는데 그 밤엔 늘 신고 자던 수면양말도 벗고 잤다. 얇아 보이는 비닐막이 이렇게 온기를 지켜 주다니. 오랜만에 깨지 않고 잠을 푹 잤다.

돌아보면 할머니 할아버지도 자취방에 오면 매번 청소부터 했다. 두 사람이 오는 날엔 평소보다 신경 써 치워 놔도 늘 그들 눈엔 안 차는지, 두 사람도 방 안에서 쉬지 않고 몸을 움직였다. 할머니는 이곳저곳 걸레질을 했고, 할아버지는 부실한 잠금쇠 대신 이중 잠금쇠를 달고, 창문에 뽁뽁이를 바르고, 수압이 약한 샤워기를 고쳤다. 그러고 나면 할아버지는 힘이 드는지 아니면 아직 어린애 같은 자식이 걱정됐는지 아휴, 하고 숨을 몰아쉬었다. 그러곤 서둘러 집으로 돌아갈 채비를 했다. 마치 처음부터 이 집을 치우기 위해 온 사람들처럼. 두 사람이 다녀가면 혼자 사는 집이 한결 안전하고 깨끗해졌지만 혼자 남아 그들의 흔적을 보고 있을 때면, 결국 다정한 말로 배웅하지 못한 나를 후회했다.

가족이란 뭘까.
한쪽이 훨씬 무리하면서
다른 이의 삶을 지켜 주려는 마음이 뭘까.

가족들을 생각하면 좋아하는 점보다 좋아하지 않는 점이 더 많이 떠오르고, 내가 쌓아 온 가치관으로는 이해되지 않거나 답답한 점들이 훨씬 많다. 가족이 아니라 처음부터 내가 선택할 수 있는 타인이었다면 굳이 만나지 않았을 것 같은 사람들. 그럼에도 내가 복권에 당첨된다면, 그들의 빚부터 갚아 주고 싶다. 내가 좋아하는 사람들 그 누구보다 먼저 따뜻한 나라로 여행을 보내 주고 싶다. 누구보다 고생 덜하고 여유롭게 행복하게 살아갔으면 좋겠다. 나의 성가시고 애틋한, 불쌍하고 소중한 사람들.

고레에다 히로카즈 감독은 그의 에세이 《걷는 듯 천천히》에서 이렇게 말했다. "나는 주인공이 약점을 극복하고 가족을 지키며 세계를 구한다는 식의 이야기를 좋아하지 않는다. 오히려 그런 영웅이 존재하지 않는, 등신대의 인간만이 사는 구질구질한 세계가 문득 아름답게 보이는 순간을 그리고 싶다." 나는 내 가족들에게서 그런 순간을 자주 목격한다. 구질구질하고 아름다운 사람들과 함께 보낸 시간이 내겐 잊을 수 없는 장면으로 남고 나는 그것이 자주 기쁘고 슬퍼져서 이렇게 글을 쓴다.

한 숟갈 더

병원 엘리베이터 옆 게시판엔 식단표가 붙어 있다. 가끔 그 앞에 서서 식단표를 구경한다. 어제는 할머니가 시래깃국을 먹었고, 내일은 감자조림을 먹는다는 걸 확인하면 마음이 놓인다.

친한 언니를 따라 어린이집에 아이들을 데리러 갔다. 아이들을 기다리는 동안 언니는 벽에 붙은 식단표를 살펴봤다.

"오늘은 큰아이가 좋아하는 게 나왔네."

언니는 좋아하는 메뉴가 나온 날엔 아이들이 기분 좋아한다고 했다.

언제였더라. 병원 엘리베이터 옆 게시판에서 할머니가

좋아하는 생선구이가 점심으로 나온 걸 확인하며 안심했더
랬다. '오늘은 할머니 밥 한 숟갈 더 먹었겠네.'

　언니와 내가 비슷한 기분을 느끼고 있다는 게 이상한 오
후였다.

겨우 이만큼

12월의 어느 날. 회사 점심시간에 잠시 병원에 들렀다. 엘리베이터에서 내려 할아버지 병실로 걸어가는 동안 누군가를 나무라는 젊은 여성의 목소리가 복도까지 크게 들려왔다. 혹시나 하는 마음으로 병실에 들어섰는데 내 또래의 간호사가 상기된 얼굴로 할아버지에게 주의를 주고 있었다. 할아버지는 침대에 걸터앉아 간호사 얼굴이 아닌 바닥을 응시하고 있었다. 할아버지가 자신의 모습을 내게 들키고 싶지 않을 것 같아 선뜻 아는 척하는 것이 망설여졌다. 간호사에게 다가가 조심스레 무슨 일이냐고 물었다. 나를 발견한 간호사는 "김홍무 할아버지 보호자분이시죠?" 하곤 곤혹스러운 표정으로 한 시간 전에 일어난 일을 설명했다.

"보호자분. 오늘 무슨 일이 있었는지 아세요? 할머니 병실에 보호사가 잠시 자리를 비운 사이 할아버지가 할머니를 휠체어에 태우려다가 할머니가 침대에서 떨어졌어요."

"네? 할머니는 안 다치셨어요?"

"다행히 다치신 곳은 없는데 정말 큰일 날 뻔했어요. 할아버지 이제 힘도 없어서 할머니 태우고 그러면 안 돼요. 할아버지도 다치면 어떡하려고 그래요?"

간호사가 할아버지와 눈을 맞추고 다시 한 번 당부를 했다. 내가 기억하는 그녀는 평소 정이 많고 친절한 간호사였고 정말로 할아버지와 할머니의 안전을 걱정하는 것 같았다. 할아버지도 간호사의 마음을 어느 정도 이해하는 듯 보였지만 내게 이 상황을 들켜서 멋쩍어하는 것도 같았다.

간호사가 나간 후 할아버지에게 할머니 휠체어를 직접 태워 주고 싶으셨던 거냐고 물었다. 별것 아닌 일처럼 넘겨야 할 것 같아서 농담처럼 물었다. 할아버지는 여전히 바닥만 보면서 "니 할무니가 타고 싶다고 해가 태우다가 그래 됐지" 하고 말했다.

집에선 늘 할머니를 휠체어에 태우던 할아버지였으니까 자신이 하지 못하리라고는 예상치 못했을 것이다.

지금은 할아버지가 아파서 그런 거라고, 할머니는 저도 혼자서는 휠체어에 태우기 어려우니까 다음엔 꼭 저랑 같이 하시라고 말했다. 할아버지는 손으로 마른 맨발을 만지며 고개를 끄덕였다.

할머니 병실로 갔더니 다행히 할머니 컨디션이 좋아 보였다. 오히려 기분 좋은 얼굴이었다. "침대에서 떨어졌다며, 괜찮아?" 하고 물었더니 할머니는 걱정과 다르게 재미있는 해프닝처럼 이야기를 했다.

"아까 전에 내가 저거를 타고 싶어서 네 할아버지한테 태워 달라고 했더니, 아유, 중간에 힘이 빠져서 의자에 못 앉고 그냥 바닥에 쿵 떨어졌어. 간호사가 놀라가지고 막 뛰어 오고, 네 할아버지 혼나고 난리도 아니었다."

"그러게 왜 할아버지한테 태워 달라 그래. 할아버지 힘이 어딨다고."

"내가 못 태울 줄 알았어? 근데 내가 간호사한테 부탁했어. 내려온 김에 저거 타고 병원 한번 빙 둘러보고 싶다고."

"그래서 한 바퀴 돌았어?"

"응. 멀리는 못 가고. 네 할아버지가 밀어 줘서 요 앞 복도만 몇 번 왔다갔다 했지. 나는 저걸 타면 기분이 그렇게 좋더라. 마음이 가벼워지는 것 같아서 그날은 잠도 잘 와."

내게 이르듯 이야기를 끝낸 할머니 표정이 정말 가벼워

보였다. 병원에선 깜짝 놀랄 일이었지만 적어도 할머니에겐 신나는 일이었구나 생각했다. 할머니 귀에 얼굴을 가까이 대고 "이젠 할아버지에게 태워 달라고 하면 안 돼" 말해 주었다. 대신 일요일에 아버지 오면 휠체어 타고 좋은 곳으로 산책 가자고 했더니 아버지 오는 날이 얼마나 남았냐고 물었다. 아이에게 말하듯 '세 밤'만 자면 된다고 일러 주었다. 할머니는 알겠다고 걱정 말고 어서 가 보라며 고개를 끄덕였다. 내일 또 올 테니까 잘 지내고 있으라고 인사하고 가려는데 할머니가 내 손을 잡으며 말했다. "그래도 말이야, 오늘 네 할아버지 덕분에 정말 자알 탔다."

엘리베이터를 타러 가는 길에 할아버지가 휠체어를 밀어 줬을 복도를 둘러보았다. 내 걸음으로 열 걸음이면 왔다 갔다 할 거리였다. 겨우 이만큼의 거리라는 생각이 들었다. 겨우 이만큼의 거리를 함께하려고 그런 소동을 겪어야 했던 거라고. 엘리베이터를 기다리는 동안 마른 발을 만지던 할아버지의 모습만 계속 떠올랐다.

일요일의 기분

울산에 사는 아버지가 병원으로 찾아오는 일요일은 할머니 할아버지와 함께 외출을 하는 날이다. 서로 약속한 건 아니지만 아버지도 나도 일요일 점심시간은 두 사람과 함께 보내려고 노력한다. 할머니는 일요일이 오기 며칠 전부터 아버지가 오는 날은 얼마나 남았는지 묻고, 할아버지는 일요일이 되면 이른 아침부터 외출 옷으로 갈아입고 아버지를 기다린다. 멀리 가지는 못하고 근처 국숫집이나 생선구이 집에서 외식을 하고, 날이 덜 추울 땐 가까운 공원을 한 바퀴 돌고 오는 두 시간 정도의 짧은 외출이다.

어느 일요일. 햇볕이 따스해서 차를 타고 큰 호수가 있는 공원으로 산책을 갔다. 근처에 차를 세운 뒤 아버지가 뒷좌석에 앉은 할머니를 안아 휠체어에 태웠다. 호수가 가까워서 그런지 뺨에 닿는 바람이 차가웠다. 추위를 많이 타는 할머니가 걱정됐는지 아버지가 겉옷을 벗어 할머니 몸에 덮어 주었다. 목도리에 모자까지 꽁꽁 싸매고 나온 할머니는 "너 추워. 너 입어" 하는데 아버지는 "됐어" 하곤 할아버지와 먼저 걸어갔다. 티셔츠 한 장만 입은 채 앞서가는 아버지의 마른 등이 보였다. "엄마 추우니까 덮어요" 하면 될 텐데 아버지는 늘 부끄러움에 지는 사람이다.

　한적한 일요일 오전의 공원. 나와 할머니, 아버지와 할아버지 그리고 엄마. 이렇게 다섯 사람이 서먹한 공기를 견디며 천천히 걸었다. 얼마 안 가 할아버지가 커피를 마시고 싶다고 해서 호수 위에 지어진 오래된 매점에 들어갔다. 팔각형 모양의 매점은 벽면이 유리로 되어 있어서 호수면이 더 가까이 보였다. 주문한 음료를 기다리는 동안 할머니의 휠체어를 밀어 창문 쪽으로 다가갔다. 창 너머로 수면에 반사된 빛들이 조용히 반짝이고 있었다. 저 빛을 '윤슬'이라 부른다고, 누군가 일러 줬던 게 생각났다. 윤슬이란 말이 예뻐서 아이를 낳으면 이름은 '윤'과 '슬'로 지어 줄 거라 생각한 적도 있었다. 말없이 바깥을 바라보고 있는데 할머니가 말했다.

"반짝이는 게 꼭 나한테 달려오는 것 같다."

　할머니 시선이 닿는 곳을 다시 바라봤다. 빛을 실은 물
결이 잔잔하게 일렁였다. 다음에 이 장면을 다시 보게 된다
면 '윤슬'이란 말보다 반짝이는 빛이 달려오는 기분을 먼저
떠올리게 될 거란 생각이 들었다.

　매점을 나와 다시 걸었다. 호수는 넓고 할아버지 보폭에
맞춘 다섯 사람의 걸음은 느렸다. 할아버지는 호수에 떠 있
는 배를 타고 싶어 했는데 날이 추워서 다음에 같이 타기로
했다. 봄이 오면 다시 이곳에 와서 타 볼 수 있지 않을까 생각
했지만 그러지 못할 확률이 높았다. 언젠가 이 호수를 지나
갈 때 그때 우리가 함께 타지 못한 배를 떠올리게 되지 않을
까 예감했다.

　반 바퀴 정도 돌았을 때 할아버지가 무릎이 아프다고 해
서 벤치에 앉아 잠시 쉬기로 했다. 엄마와 내가 할아버지 곁
에 남아 있는 동안 아버지가 할머니 휠체어를 밀고 조금 더
다녀오겠다고 했다. 할아버지와 엄마 그리고 나 세 사람이
벤치에 나란히 앉아 두 사람을 기다렸다. 20분 정도 지났을
까. 이쪽으로 돌아오는 아버지와 할머니 모습이 보였다. 짧
은 시간 동안 두 사람은 무엇을 보고 왔을지 궁금했다. 가까
이 다가온 할머니에게 "구경 잘했어?" 물었더니 쥐고 있던 왼

손을 펼쳐 보였다. 할머니의 손바닥 위에 빨간 동백 꽃송이가 있었다.

"네 아버지가 바닥에 떨어진 걸 주워 줬어."

"예쁘네. 할머니 기분 좋았겠네."

고개를 끄덕인 할머니가 노래를 불렀다. 처음엔 무슨 노래인지 몰랐는데 〈동백 아가씨〉였다. 헤일 수 없이 수많은 밤을 내 가슴 도려내는 아픔에 겨워. 음정은 불안했지만 가사는 틀리지 않고 또박또박 불렀다. 노래보단 시를 읊는 것 같기도 했다.

〈동백 아가씨〉는 할머니가 거실에서 앉아 자주 부르던 노래였다. 젊을 땐 교회에서 성가대를 했을 만큼 당신은 노래를 잘했다. 두 달 전 할머니의 치매가 갑자기 나빠졌을 무렵 〈동백 아가씨〉를 들려준 적 있었다. 치매 노인에게 좋아하는 노래를 들려주면 기억력을 찾는 데 도움이 된다는 다큐멘터리를 보고 난 뒤였다. "이 노래 기억해?" 하고 들려주었는데 처음 듣는 노래라며 더 이상 듣고 싶지 않다고 했던 할머니였다.

"할머니. 이 노래 기억나?"

"모르겠어. 그냥 노래가 불러지네."

할머니는 노래를 이어 불렀다. 어얼마나 울었더언가 동백 아가아씨. 그리움에 지쳐서 울다 지쳐서 꽃잎은 빨갛게

머엉이 들었소. 비록 노래 속 동백 아가씨는 울지만 노래를 부르는 할머니는 웃으니까 좋았다.

산책을 끝내고 병원으로 돌아갔다. 할머니 할아버지를 병실에 데려다주고 나설 땐 늘 마음이 무거웠다. 아버지가 집까지 태워 준다고 해서 주차장으로 함께 내려갔다. 뒷좌석에 타려고 차 문을 열었는데 할머니가 앉았던 자리 바닥에 동백 꽃잎들이 낱개로 떨어져 있었다. 밟으면 안 될 것 같아서 꽃잎들을 주웠다. 조금 전 〈동백 아가씨〉를 부르던 할머니 모습이 떠올랐다. 집으로 돌아가는 차창 너머로 흘러가는 일요일 오후를 바라보았다.

함께 시간을 보낸 이들에겐
무엇이든 남는 법이었다.

크리스마스 사진

크리스마스가 얼마 남지 않은 때. 할머니의 대학병원 정기검진이 있는 날이었다. 그날은 아버지도 일을 쉬고 엄마와 함께 네 식구가 병원으로 갔다. 평일 오전임에도 로비는 진료와 계산을 기다리는 사람들로 북적였다. 진료시간이 남아 할머니 휠체어를 밀고 로비를 한 바퀴 도는데 서쪽 출구 쪽에 병원에서 준비한 듯한 트리가 보였다. 가까이 가 보니 '메리 크리스마스' 문구가 달린 트리 주위에 선물 상자와 루돌프 모양의 장식품도 있었다. 병원에선 이런 이벤트도 서비스라고 생각하는 걸까. 트리를 감싼 꼬마전구들이 〈위 위시 유어 메리 크리스마스〉 노래와 함께 반짝였지만 인적이 드문 출구를 사람들은 쉽게 지나쳤다. 나도 별 감흥 없이 전기세는 얼마나 나올까? 생각하며 지나가려는데 할머니가 나를 불렀다.

"애. 저기 앞에서 우리 사진 하나 찍자."

"저기서?"

휠체어를 멈추고 누가 저 앞에서 사진을 찍는다고 그래, 생각하는데 할머니가 말했다.

"뭐든지 사진을 많이 남겨야 돼."

누가 오기 전에 얼른 찍자고 재촉하는 할머니 말에 잠시 머뭇대던 아버지가 "그래. 까짓 거 찍자"고 말했다. 앞서가는 아버지를 따라 휠체어를 밀어 트리 앞에 세웠다. 할머니가 얼른 옆에 서라고 손짓을 해서 아버지와 엄마가 양옆으로 쭈뼛거리며 섰다.

병원에서 가장 외딴섬 같은 트리 앞에 세 사람이 모였다. 휴대전화 화면에 담긴 세 사람의 모습이 어색했다. 빨리 찍으려는데 할머니가 카메라 쪽을 안 보고 자꾸만 옆이나 아래를 봤다. 할머니에게 여기 보라고 해도 자꾸만 잘 못 듣고, 셔터를 누를 때가 되면 표정이 굳었다. 결국 우리가 할머니를 트리 앞에 억지로 데려다 놓은 것처럼 사진이 찍혔다.

그날 저녁 아버지에게 사진을 전송한 뒤 한동안 사진을

찍었다는 사실을 잊고 지냈다. 몇 달이 지나 휴대전화 사진을 훑어보는데 크리스마스 사진이 보였다. 반가운 기억에 사진을 클릭해 봤다. 화면에 뜬 세 사람의 모습이 누가 봐도 어색한 가족이라 웃겼다. 찍을 땐 아무도 안 웃은 줄 알았는데 자세히 보니 희미하게 미소 짓는 아버지 얼굴도 보였다. 다시 보니 사진이 더 애틋하게 느껴졌다. 트리의 반짝임 덕분에 언제고 이 사진을 볼 때면 어느 계절, 어디에서 찍었는지 바로 떠오를 테니까.

2018년 크리스마스를 앞둔 겨울, 병원 로비에서 찍은 세 사람의 첫 사진. 그 밤에야 할머니가 왜 사진을 남기자고 했는지 알 것 같았다.

무사한 새해

새해 아침엔 늦잠을 잤다. 지난밤엔 새해가 온다는 특별한 실감 없이 가요 시상식을 보다 잠이 들었다. 한 해의 마지막 날이 되면 조급함이 들던 때도 있었다. 한 해의 좋은 일과 나쁜 일을 따져 보고 그와 상관없이 새해엔 더 좋아질 거라 믿었다. 지난해는 좋은 일과 나쁜 일이 비슷한 강도와 빈도로 삶에 찾아왔다. 나는 나쁜 일에 더 예민한 편이라 새해엔 더 나빠지지 않으면 좋겠다는 생각을 했다.

그날 오후 떡국 대신 설렁탕 2인분을 포장해서 병원으로 갔다. 먼저 6층 병동에 할아버지 얼굴을 보러 갔다. 턱 아래까지 이불을 덮고 모로 누운 할아버지는 텔레비전 화면을 보고 있었다. 등 뒤에서 인기척을 냈더니 할아버지가 왔냐고, 몸을 일으켜 자세를 고쳐 앉았다. 할아버지는 매번 흐트러진 자신의 모습을 보여 주고 싶지 않아 했다. 설렁탕 포장을 뜯으며 새해엔 건강하시라고 했더니 할아버지는 이젠 건강하다고 조만간 집으로 돌아갈 수 있을 것 같다고 했다. 할아버지의 마른 어깨를 쓰다듬으면서 새해엔 꼭 그러자고 대답했다.

3층에 있는 할머니 병실로 내려갔더니 새해 첫날이라 보호자들이 여럿 와 있었다. 오랜만에 병실이 사람들의 소리와 움직임으로 북적였다. 침대에 누운 할머니에게 새해 인사를 전하자 할머니는 나를 올려다보며 올해 내 나이를 궁금해 했다. 서른두 살이 되었다고 했더니 "벌써 그렇게 됐어?" 할머니는 깜짝 놀란 얼굴로 물었다. 그럼 할머니는 올해 몇 살이 되었냐고 물었더니 잠시 생각한 뒤 대답했다.

"못해도 여든다섯은 됐을걸."

"할머니, 나 몰래 다섯 살은 언제 먹었어?"

할머니는 내 말을 듣고 "내가 아직 여든이야?" 하고 웃었다. 설렁탕은 국물만 먹겠다고 해서 종이컵에 조금 덜어 담았다. 국물을 따른 컵에서 따뜻한 김이 올랐다. 할머니는 두 손으로 컵을 감싼 뒤 후후 불어 국물을 식혔다. 그러다 문득 할머니는 지난밤 이야기를 꺼냈다. 늦은 밤 한 간호사가 병실에 찾아왔더라는 이야기였다.

할머니는 초저녁에 잠이 들었다가 깨 보니 한밤중이었다고 했다. 너무 조용하고 깜깜한 병실에서 혼자 깬 것이 무서워 눈을 감고 다시 잠들기를 기다리는데 병실 문이 열리는 소리가 들렸다. 빛이 새어드는 문 쪽을 보니 간호사 한 명이 조심스레 병실로 들어오는 게 보였다. 간호사는 잠든 할머니들을 향해 두 손을 가지런히 모으고 고개를 숙였다. 가만 보니 기도를 하는 모습이었다. 할머니는 간호사의 모습을 바라보며 마음이 편안해지는 걸 느꼈다. 기도를 마친 간호사는 다시 고개를 숙여 인사한 뒤 조용히 문을 닫고 나갔다. 그때가 밤 12시쯤이었을 거라 했다.

"새해가 됐으니까 기도를 하러 와 준 거 같아."

할머니는 간호사가 다녀간 후로 깊은 잠을 잘 수 있었다고 했다. 간호사의 기도가 자신의 밤을 지켜 준 것 같다며.

"사실 나도 기도를 하고 있었거든."

"언제?"

"간호사가 오기 전까지. 눈을 감고 기도를 했지."

"무슨 기도?"

"너 새해 복 많이 받으라고. 하는 일 모두 잘되라고. 건강하라고 빌었지."

할머니는 늘 기도를 하는 사람이었다. 기도의 대상은 조금씩 달라졌는데 내가 어릴 땐 하느님, 조금 더 커서는 불교와 비슷한 종교의 이름 모를 신, 최근까지는 부처님에게 두 손을 모으고 머리를 숙였다. 할머니는 매일 저녁 제사방으로 쓰는 방에 들어가 물 한 그릇을 떠 놓고 무릎을 꿇었다. 닫힌 제사방 문 앞을 지나갈 땐 할머니 기도 소리가 들렸다. 할머니는 할아버지와 자식들의 이름을 차례로 호명하고 그들의 무사와 행복을 빌었다. 예를 들어 "손녀 김달님" 하고 부른 뒤 "달님이가 하는 일 모두 잘되고, 인정받고 행복하게 해 주세요"라고 비는 식이었다. 자식들의 자식이 하나둘 더 생겨나면서 할머니가 부르는 이름들도 늘어 갔지만 자신의 이름을 부르는 일은 없었다.

할머니는 기도를 하는 일이
자신이 자식들을 위해 해 줄 수 있는 유일한 일이라 믿었다.
돈이 들지 않고 간절함으로 최선을 다할 수 있는 일.

하지만 자식들이 살면서 부딪히는 많은 문제들 앞에서 할머니의 기도는 자주 무용해졌다.

성실한 기도의 날들을 지켜보면서 신들 중 누구 하나라도 할머니의 기도를 들어줬다면 우리 가족이 이렇게 살아갈 리 없다고 생각했다. 살면서 만난 좋은 일 앞에선 할머니의 기도를 떠올리지 않으면서 나쁜 일 앞에선 매일 저녁 두 손을 모으는 일의 소용을 답답하게 여겼다. 이상한 마음이었다. 어두운 병실이 무서워 두 눈을 감은 사람의 기도를 떠올리면서 기도가 무용한 일일지라도 한 사람을 위해 기도하는 마음이 무용할 수 있는지 생각했다.

아무 대가를 바라지 않고 나의 행복과 건강을
온 마음으로 비는 사람이 있다는 것.
그 생각만으로 문득 삶이 안전해지는 기분이 들었다.
무용하다 생각했던 것에 빚져 무사했던 날들이
내게도 분명 있었을 거다.

지난밤 어느 간호사의 기도로 할머니의 새해가 편안하게 왔듯 나의 새해도 그렇게 왔다.

좋아하는 것

"할머니. 좋아하는 걸 여기에 적어 봐."

"왜?"

"좋아하는 걸 생각하면 기분 좋아지잖아."

"어떤 걸 적어야 해?"

"그냥. 할머니를 기분 좋게 하는 거. 아무거나."

"아무거나?"

"밥 먹고 마시는 뜨거운 믹스커피."

"그때가 왜 좋아?"

"몰라. 그냥 기분이 좋아지더라."

"신기하네. 나도 그런데."

"날씨 좋은 날. 햇빛이 좋고 바람 안 불고 비 안 올 때. 그런 날에 밖에 나가면 훨훨 날고 싶어져."

"그럼 할머니는 어느 계절을 좋아해?"

"봄. 가을. 겨울.

봄은 꽃동산이고, 가을은 추수 계절이고, 겨울은 눈이 내리니까."

"여름은 싫어?"

"30년 전인가. 엄청나게 더운 날에 누가 나보고 그랬어. 왜 그렇게 못 걷느냐고. 여름이면 자꾸 그 생각이 나. 그래서 싫어."

"그리고 언제가 좋아?"

"기도하며 잘못을 고백하는 시간."

"무슨 고백을 해?"

"내가 장애인인 게 전생에 내가 죄를 지어서 그런 것 같아서. 용서해 달라고."

"그게 왜 할머니 잘못이야?"

"살다 보니 자꾸 내 잘못인 것 같아. 그래서 기도하는 거야. 더 이상 사람들이 나 같은 장애인이 되지 않기를."

"할머니 잘못 아니니까 그렇게 생각하지 마."

"여기 복지사 선생님도 그러더라."

"뭐라고?"

"할머니. 우리 용기를 가지고 살아요. 그러면 마음이 편안해져요."

"또 적고 싶은 거 있어?"

"김 서방. 김 서방이 오면 천국에 온 기분."

"김 서방은 남의 아들인데 왜 그렇게 좋아해."

"몰라. 보기만 해도 웃음이 나와."

"그리고 내가 제일 행복할 때."

"응. 적어 봐."

"달님이가 기분이 좋아 보일 때.

여기 와서 나랑 웃고 이야기할 때."

"손이 떨려서 이제 더 못 적겠다. 그만 할래 이제."

당신의 죽음은 당신의 것

입원한 지 한 달쯤 지나 할아버지는 퇴원을 하겠다고 말했다. 기력을 어느 정도 찾았으니 2주 정도만 더 있다가 할머니와 함께 집으로 돌아가겠다는 거였다. 할아버지의 퇴원은 주보호자인 나와 아버지의 동의가 필요한 일이었다.

할아버지의 퇴원 계획을 들은 자식들은 모두 반대했다. 할아버지의 건강이 누군가의 도움 없이 생활할 만큼 회복된 것은 아니었고, 할아버지가 앓고 있는 초기 치매와 우울증은 상황을 예측할 수 없는 질환이라는 점에서 자식들은 안심할 수 없었다. 그리고 두 사람을 위해서라도, 이전처럼 할아버지에게 할머니의 생활과 간호를 맡길 수 없었다. 할머니에게 시작된 치매의 시간은 할아버지보다 빠르게 흐르고 있었고, 앉아서 움직이는 일조차 할머니에겐 어려운 일이 되어 버렸으니까. 병원에 있는 동안 겨우 조금 나아진 것 같은데, 이대로 집으로 돌아간다면 돌이킬 수 없이 나빠지지 않을까 두렵기도 했다. 두 사람에게도, 자식들에게도 병원의 도움을 받는 것이 최선의 방법이라 생각했다.

무엇보다 아버지와 나를 포함한 가족들 모두 두 사람이 병원에 오기 전까지 어떤 일이 있었는지, 그 시간이 얼마나 힘들었는지 선명하게 기억하고 있었다. 그즈음 가족들의 몸과 마음은 빠른 속도로 지쳐 가고 있었다. 두 사람이 병원으로 오기 전부터 입원 후까지 가족들은 보호자의 입장에서 매일 새로운 문제들과 부딪혔다. 무슨 일이 생길 때마다 입원 전엔 집으로, 입원 후 한동안은 병원으로 아버지와 내가 번갈아 가며 현재를 제쳐 두고 두 사람에게 달려가야 했다.

거기에 돈 문제까지 밀려왔다. 병원비와 카드값으로 매달 몇 백만 원이 넘는 돈이 수시로 필요했다. 내 월급의 몇 배가 되는 돈이었고, 가족 중 그 누구도 쉽게 감당할 수 있는 돈이 아니었다. 돈에 쫓기니 마음이 쪼그라들고 예민해졌다. 이런 시간이 지속되는 상황에서 가족들이 바라는 건 하나였다.

더 이상 새로운 걱정거리가 생기지 않기를,
부디 이전처럼 평범한 일상으로 돌아갈 수 있기를.

그러므로 자식들의 입장에선 두 사람이 집으로 돌아가는 것보다 안심할 수 있는 병원에서 지내는 일이 더 나았다. 적어도 그들이 자식들이 없는 곳에서 밥은 먹는지, 아픈 곳은 없는지, 무슨 일이 있는 건 아닌지 매일 불안해하지 않아도 될 테니까. 병원엔 그들을 도와줄 많은 의료진과 요양보호사가 있고 두 사람만 있는 집보다는 분명 안전할 테니까. 지울 수 없는 미안함을 안고 살아가더라도 병원비를 감당하며 사는 쪽이 자식들이 선택하고 싶은 최선이었다.

할아버지는 병원에 있는 시간을 점점 더 못 견뎌 했다. 하루에 몇 번 다른 환자들이 기저귀를 갈 때마다 대변 냄새를 맡아야 하는 것, 원하는 만큼 환기가 제대로 되지 않는 것, 병원 식단이 입에 맞지 않는 것, 정해진 시간에 불이 꺼지고 다 같이 잠들어야 하는 것, 며칠 사이 나빠진 환자가 죽음을 맞는 일을 지켜봐야 하는 것, 볕이 좋은 날에도 보호자 동행 없이는 걸어 나갈 수 없다는 것. 할아버지는 2주에 한 번 꼴로 항의하듯 불편함을 이야기했다. 내가 왜 내 집 놔두고 여기 있어야 하냐고, 병원에서 나가고 싶다고 말했다. 그때마다 아버지도 나도 어떤 대답이 옳은 것인지 몰라 벽에 부딪히는 기분이 들었다.

사실 두 사람이 병원에 입원한 후로 매일매일이 불안하고 두려웠다. 내가 잘못된 선택을 한 건 아닐까, 두 사람을 위한 더 좋은 선택이 있었던 건 아닐까, 하는 질문이 수시로 나를 괴롭혔다. 해답이 있다면 알고 싶었다.

할아버지에게 다른 환경을 보여 주면 어떨까 하는 마음으로 다른 병원도 알아봤다. 지금 병원보다 규모가 더 크고 최신식이라 병원비 부담이 늘어나지만 환자의 개인 공간이 비교적 넓고 재활치료 시설도 잘되어 있는 병원이었다. 전화로 입원 상담을 받아 봤더니 담당자는 현재 남자 병동엔 빈자리가 없다고 했다. 예약을 해야 하는데 언제 차례가 돌아갈지는 장담할 수 없다고. 내 순서가 온다는 건 병원에 입원한 누군가가 퇴소나 죽음 중 어떤 이유로 침대를 비우게 됐다는 뜻이었다. 다음 자리를 기다린다고 말하는 게 마음에 걸려서 예약을 하지 않고 전화를 끊었다.

할아버지의 마음을 환기해 주고 싶어서 일주일에 한두 번은 꼭 함께 외출을 했다. 할아버지는 매번 병원 바깥의 시간을 반가워했다. 괜찮은 식당 대신 편의점에 들러 짜고 매운 음식을 골라 먹고, 주치의가 절대 금한 맥주를 몰래 마셨다. 그럴 땐 할아버지가 꼭 탈출한 사람 같았다. 먹고 싶은 걸 먹고 나선 주변을 느리게 산책하거나 마트를 구경하는 일도 할아버지를 잠시나마 웃게 했다.

　함께 외출을 했던 어느 날, 병원 근처 죽집에 갔다가 흔치 않은 꽃나무가 심긴 화분을 보았다. 할아버지는 관심을 보이며 주인에게 이것저것 물어보았다. 주인은 꽃나무의 이름과 특성, 구입처를 친절하게 답해 주었다. 고개를 끄덕이며 듣던 할아버지는 말했다.

　"봄에 우리 마당에 심으면 잘 자라겠구나."

　할아버지의 눈빛에서 아직 오지 않은 봄이 잠시 다녀가는 게 느껴졌다. 순간 할아버지가 오랜 시간 흙을 만지고 살아온 사람이라는 사실이 새삼스레 마음에 박혔다.

　그날 집으로 돌아가는 길에 할아버지란 사람에 대해 생각했다. 내가 아는 할아버지는 세상일에 관심이 많아 배우는 걸 좋아하고, 무엇이든 자신의 손으로 직접 하는 걸 좋아하는 사람이었다. 매일 자신이 할 노동을 만들어 부지런히 몸을 움직였고, 자식에게 기대지 않고 크게 바라지도 않아 나를 안심시키던 사람이었다. 그런 사람이니까 서서히 몸이 무너져 갈 때 마음도 함께 무너졌을 거였다. 그런 사람이니까 병원에서 살아가는 시간을 더욱 견딜 수 없을 거였다. 병원은 환자가 해도 되는 일보다 해선 안 되는 일이 훨씬 많은 곳이므로.

　할아버지와 산책을 하던 중에 말했다.

"할아버지. 퇴원하고 싶으세요?"

"하고 싶지. 내 집이 있는데 내가 왜 여기 있니?"

나도 할아버지에게 내 마음을 이야기했다.

"할아버지. 저도 할아버지가 집에서 건강히 지내실 수 있다면 좋겠어요. 그런데 아버지나 저나 할아버지 퇴원을 쉽게 동의할 수 없는 건 아픈 할아버지가 집에서 보낼 시간이 걱정되기 때문이에요. 저와 아버지는 하루하루 불안할 거예요. 할아버지가 밥은 잘 드실까, 아픈 곳은 없을까, 제때 병원에 가지 못해서 갑자기 나쁜 상황이 오게 되는 건 아닐까. 그럼 남은 우리는 어떡하나."

숨이 차 천천히 걷던 할아버지는 말했다.

"집에서 지내다가 어떤 나쁜 일이 일어난다 하더라도 그건 내 인생이야. 내가 선택한 삶이니 너희가 미안해할 일이 아니다."

한동안 할아버지의 말이 머릿속에서 자꾸 맴돌았다. 할아버지를 집으로 보내드리는 일이 무책임하게 당신의 죽음을 당기는 일인 것만 같았는데, 할아버지가 원하는 건 병원에서 안전하게 오래 사는 일이 아니라는 생각은 왜 하지 못했을까.

할아버지의 죽음에 무책임했다는
죄책감에서 자유롭고 싶다는 생각은
결국 나를 위한 거였다.

　만약 할아버지가 병원 천장을 보며 마지막 순간을 맞게
된다 하더라도 그 또한 마음의 짐을 지울 수 없는 일이기는
마찬가지였다.
　할아버지가 아니라 나였다면 어떤 선택을 했을지 스스
로에게 물어봤다. 대답은 명확했다. 나 또한 가능하다면 마
지막까지 병원이 아닌 집에서 머물기를 원했을 거였다. 집은
내가 사랑하고 사랑받았던 곳, 내 삶이 남아 있는 곳이니까.
익숙한 풍경과 냄새, 감촉이 있는 곳에서 작별 인사하듯 세
상을 떠나고 싶을 거였다. 내 삶이 누구의 것도 아니듯, 당신
이 어디에서 어떤 모습으로 죽고 싶은지도 내가 결정해선 안
된다는 생각이 들었다.
　할아버지에게 남은 삶을 생각해 봤다. 1월에 접어들면
서 눈에 띄게 좋아진 할아버지의 모습이 안심을 주기도 했
다. 아버지도 할아버지의 바람을 무시할 수 없다고 말했다.
자신도 자신의 아버지처럼 행동했을 거라고, 아버지의 마음
이 이해된다고 말했다. 물론 우려도 있었다. 병원에선 괜찮
아 보여도 집으로 돌아간 할아버지가 어느 정도 생활이 가능

한지 알 수 없었으니까. 아버지도 나도 할아버지에게 더 많은 시간과 마음을 써야 될지도 몰랐다. 그럼에도 이제는 보내드려야 할 것 같았다.

우여곡절 끝에 1월 중순, 할아버지가 퇴원을 했다. 병원을 떠나는 날, 아버지를 따라나서는 할아버지의 뒷모습이 자유로워 보였다. 괜히 섭섭해진다며 할머니에게 긴 인사 없이 돌아선 할아버지는 아버지 차에 올라타기 전 내게 고맙고 미안했다고 말했다. 할아버지의 어깨를 어루만지면서 할머니는 걱정 말라고, 잘 지내시라고 답했다. 4개월 만의 퇴원이었다.

집으로 돌아간 할아버지에게 그동안 여러 사고들이 있었다. 뼈가 부러지고, 신장결석 수술을 하고, 넘어져서 멍이 들고, 몇 시간 동안 연락두절 상태로 사라지기도 하고, 집 안 물건들이 고장 나고 부서지기도 했다. 할아버지는 별거 아니라고, 괜찮다고 하지만 수시로 마음이 내려앉고 흔들린다. 그럴 때면 언젠가 할아버지가 내게 했던 말을 떠올린다.

"집에서 지내다가 어떤 나쁜 일이 일어난다 하더라도 그건 내 인생이야. 내가 선택한 삶이니 너희가 미안해할 일이 아니다."

그 말은 할아버지를 자유롭게도 했지만, 나를 자유롭게

해 주는 말이기도 했다. 그날 나는 할아버지에게 내가 어떻게 하는 게 좋겠냐고도 물었었다. 할아버지는 이렇게 말했다.

"잘 살고 있나 가끔 전화해 주고, 한 번씩 들여다봐 주면 된다. 나는 그거면 돼."

"그리고 너는 네 인생을 살거라."

4장

작별 인사는
아주 천천히

응급 시 호출방법

응급 시 또는 간호사의 도움이 필요한 경우 호출벨을 이용하시면 됩니다.

(침상, 화장실, 목욕실 등 호출벨 부착되어 있음)

혼자 남은 집

대학교 4학년 때였을 거다. 주말이라 집에 들렸던 날, 거실에 앉아 있는데 할아버지가 컴퓨터가 있는 안방으로 나를 불렀다. 구부정한 자세로 모니터를 보고 있던 할아버지는 내 기척에 뒤를 돌아보며 여기 와서 이것 좀 보라고 말했다. 궁금한 게 있으신가 해서 가까이 다가가 봤더니 모니터 화면에 싸이월드 미니홈피가 띄워져 있었다. 예상치 못한 화면에 혹시나 내 건가 싶어 자세히 보니 미니홈피 상단에 '김홍무 님의 미니홈피'라고 적혀 있었다. 무슨 상황이지? 생각하며 모니터와 할아버지의 얼굴을 번갈아 본 뒤에야, 할아버지가 내게 자랑하고 싶어 한다는 걸 깨달았다.

그즈음 할아버지는 시내에 있는 복지관으로 컴퓨터 수업을 다니고 있었다. 여섯 가구를 대표하는 동네 반장을 맡게 되면서 상수도 사용량을 컴퓨터에 기록할 필요가 있다는 이유였다. 아마도 그곳에서 한글 프로그램뿐 아니라 네이버가 뭔지도 배우고, 그러다 이메일 주소도 만들고 '세상에 뭐 이런 게 다 있나' 하다 보니 미니홈피도 만들게 된 것 같았다. 하지만 때는 2010년. 페이스북의 유행이 빠르게 번지고 있었다. 모두들 '일촌평'과 '방명록'을 떠나 '타임라인'과 '좋아요'의 세계로 넘어가는 중에 강사는 왜 뒤늦게 미니홈피를 알려주었을까. 할아버지는 조만간 접속하는 방법조차 잊을 텐데. 나의 의아함과 별개로 할아버지는 자신도 인터넷에 집이 생겼다고 자랑을 숨기지 못하는 목소리로 말했다. 마치 너무 늦지 않게 자신도 세상의 흐름에 편승했다는 듯이. 할아버지는 물었다.

"너도 집이 있는 거냐?"

"네. 있었죠. 요즘은 잘 안 하지만."

"너는 내 집에 어떻게 올 수 있니?"

"저도 로그인해서 할아버지 집에 방문하는 거예요."

할아버지는 아주 신기하다고 고개를 끄덕였다. 모니터 속 할아버지의 미니미가 텅 빈 미니룸에 홀로 서 있었다. 일촌 0명, 방문자 수 0명.

할아버지는 얼마 안 가 미니홈피의 존재를 잊은 듯했지만 이상하게도 가끔 아무도 가지 않는 그 집이 떠오르곤 했다. 탈퇴하지 않았으니 지금도 인터넷 어딘가에 할아버지의 미니홈피가 존재하고 있을 거다.

할아버지가 퇴원하고 할머니만 병원에 남았다. 자연스레 할머니는 내가, 할아버지는 아버지가 돌보는 것으로 책임이 분리됐다. 다행히 이웃집 아저씨가 가끔씩 집에 들러 주기로 하고 일주일에 한두 번 아버지가 집으로 갔다. 전화를 걸면 몇 번 신호가 가기 전에 할아버지가 반가운 목소리로 전화를 받았다. 두 사람이 같이 살 때 대부분 할머니가 전화를 받곤 했다. 할아버지는 부지런히 거실과 부엌, 마당에 나가 있는 사람이었고 자식들의 전화를 기다리는 사람은 주로 할머니 쪽이었으니까. 할머니는 "나야"라고 인사하면 하루 종일 전화만 기다린 사람처럼 "어머, 달님이야?" 하고 전화를 받았다. 1분이 겨우 넘는 통화를 끝낼 땐 늘 고맙다고 이야기해서 내가 아주 중요한 일을 한 것처럼 느껴지기도 했다. 이젠 할아버지의 목소리에서 할머니의 반가움이 묻어났다. 당신 곁에 없는 할머니를 향한 그리움과 함께.

혼자 있는 집이 적적하다던 할아버지는 거의 매일 버스를 타고 밖으로 나갔다. 새벽 6시 40분 첫차를 타고 나가 밖에서 끼니를 해결하고 저녁 7시 막차를 타고 집으로 돌아오는 날들을 보냈다. 어떤 날엔 하루 네 번 왕복하는 버스 시간을 까맣게 잊어버려 정류장에 앉아 버스가 올 때까지 몇 시간을 기다린 적도 있다고 했다. 그 말을 듣고 버스 시간표를 휴대전화 바탕화면에 깔아드렸다.

할아버지의 잦은 외출은 자식들의 염려와 당혹감을 동반했다. 하루는 시내 한약방에 가 할머니 치매를 고칠 거라며 한약재를 잔뜩 산 뒤 아버지에게 무작정 돈을 부쳐 달라고 했고, 하루는 연락도 없이 아버지가 있는 울산으로 갔다가 갑자기 사라져 아버지를 곤란하게 만들었다. 아버지는 한 시간 넘게 이곳저곳을 헤매다 울산 시외버스터미널에서 할아버지를 찾았는데, 아무 일도 없는 것처럼 어묵을 먹고 있는 할아버지 모습을 보고 헛웃음이 났다고 했다.

할머니 할아버지가 떨어져 살기 전 할아버지는 종종 네 할머니 때문에 아무것도 할 수 없다고 말했다. 할머니가 자신을 혼자 두고는 잠시도 밖에 나가지 못하게 해서 아무 데도 다닐 수가 없다고. 할아버지가 퇴원한 뒤 어쩌면 이제라도 자유를 느끼시지 않을까 생각한 적도 있지만, 할아버지는 오히려 혼자 남은 시간을 견디지 못하는 것처럼 보였다.

할아버지의 자유로운 외출은 오래가지 못했다. 밭에서 쓰레기를 태우다 부탄가스가 폭발해 뒤로 넘어진 할아버지는 무릎 뒤편 인대가 찢어지고 허리를 다쳤다. 연락을 받고 아버지가 급히 데리고 간 병원에서 의사는 입원 치료를 권했지만 할아버지는 무조건 통원 치료를 하겠다고 해 집으로 돌아갔다. 치료는 더뎠고 할아버지는 한동안 제대로 걷지 못했다.

어느 날엔 하루 종일 집 전화도 휴대전화도 받지 않아 무슨 일이 있나 걱정했는데 뒤늦게 전화를 걸어 온 할아버지는 말했다. 오늘 오후에 병원에서 신장결석 수술을 했다고. 왜 말도 없이 혼자 수술을 했냐고, 병원에는 어떻게 갔냐고 했더니 할아버지는 말했다. 새벽에 배가 너무 아파 응급실에 가려 했는데 네 아버지 전화도, 네 전화도, 119 전화번호도 기억나지 않아 아침이 올 때까지 통증을 견뎠다고. 그리고 아픈 배를 움켜쥐고 기듯이 정류장까지 가 첫차를 타고 병원에 갔다고 했다. 집에서 버스를 타는 곳까지 걸어서 5분, 시내 병원까지 버스를 타고 한 시간이 걸렸을 텐데 아무에게도 도움을 청하지 못하고 고통을 참았을 생각을 하니 아찔했다. 그날은 너무 당황해 "할아버지, 정말 혼자서 괜찮겠어요?"라고 묻고 싶었지만 결코 자신의 선택을 바꾸지 않을 할아버지란 걸 알았다. 내 마음을 알아챘는지 할아버지는 작게 웃으며 말했다. "수술은 깨끗하게 아주 잘됐으니 걱정하지 말아라."

그 일이 있은 후 얼마 되지 않아 할아버지 집에 다녀온 막내 고모가 말했다.

"네 할아버지가 집 현관문을 다 부숴 났더라."

"왜?"

"밖에 나갔다가 열쇠를 잃어버린 모양이야. 집에는 들어가야 하는데 방법은 없고. 그래서 톱으로 현관문 고리를 잘라 내고, 안에 문 하나 더 있잖아, 그 문은 유리를 깨서 들어갔대."

두 사람이 같이 살 때 할머니는 외출 때마다 할아버지에게 잊은 것은 없는지 몇 번이고 물어보는 사람이었다. 여보, 안경은? 휴대전화는? 지갑은? 할아버지는 할머니 말을 성가셔하면서도 실제로 잘 잊는 사람이기도 해서 할머니 도움으로 물건들을 챙겨 나갈 수 있었다. 함께 외출을 나갈 때면 할머니는 작은 가방 안에 집 열쇠를 넣어 두었다가 집에 도착하면 할아버지에게 꺼내 주곤 했다. 고모의 말을 듣고 난 후 현관문 앞에서 당황한 얼굴로 빈 주머니를 뒤지는, 자신이 걸어온 길을 따라 더듬더듬 열쇠를 찾았을 할아버지 모습이 그려졌다.

어떤 장소는
어떤 사람이 그 자리에 있는 게 너무 당연해
마치 그 사람의 고유한 장소처럼 느껴지기도 한다.

할머니가 매일 저녁 회색 방석 위에 앉아 기도를 하던 제사방이나 창밖을 구경하기 위해 걸터앉아 있던 거실의 서랍장, 분홍색 의자에 앉아 동그랗게 등을 말고 틀니를 닦던 욕실 한구석. 그러니까 할아버지는 남아도는 시간뿐 아니라 집 안의 아주 많은 공간에서도 메꿔지지 않는 빈자리를 느끼며 살아가는지도 몰랐다.

어느 날, 할아버지는 집에 불이 들어오지 않는다고 말했다. 아버지에게 물어봤더니 할아버지가 뭘 고친다고 전기선을 잘못 만지는 바람에 전기합선이 된 거라고 했다. 복구하는 데 시간이 지체돼 할아버지는 며칠간 전기가 들어오지 않는 집에서 지냈다. 그즈음엔 회사에서 일을 하다가, 집에서 자려고 누웠다가 불현듯 할아버지의 불 꺼진 집이 떠올랐다. 그러다 어느 밤엔 이상하게도 10년 전 할아버지의 미니홈피가 생각이 났다. 아무도 방문하지 않던, 미니미가 혼자 지키고 있던 파란 스킨의 집.

미니미의 공간인 미니룸은 도토리만 있으면 취향대로 인테리어를 할 수 있었다. 상상 속에서 비밀번호도 잘 기억나지 않는 싸이월드에 로그인해 할아버지 미니홈피를 구경해 봤다. 할아버지에게 도토리를 선물할 수 있다면 할아버지 미니룸의 벽지를 바꾸고, 텔레비전이나 화분도 넣어 주고, 실제로 그런 기능은 없지만 건강한 할머니 미니미도 데려다 놓고 조명을 바꿔 불을 켜 줄 수도 있을 것 같았다. 그래도 도토리가 남는다면 썰렁하지 않게 배경음악을 설정해 놓을 수도 있지 않을까. 그런 상상을 하니 우습게도 마음이 좀 나아졌다.

얼마 뒤 할아버지의 집엔 전기가 복구됐고, 혼자서 불을 끄고 켜는 집에서 할아버지는 자식들의 잦은 염려와 잠시의 안도 속에서 살아가고 있다. 언젠가 싸이월드가 영원히 사라진다 해도 한때 우리에게 미니홈피가 있었다는 사실은 사라지지 않는 것처럼, 할아버지가 혼자 잠이 들고 깨던 집은 언제나 사라지지 않고 내게 남아 있을 것만 같다. 함부로 로그아웃 할 수도 없고, 비공개로 바꿀 수도 없는 나의 하나뿐인 홈. 그 집에 나는 주로 눈팅만 하는 일촌처럼 언제고, 몇 번이고 들락거리며 살아갈 거다.

+2017년 어느 날. 할아버지는 뉴스에서 봤다며 내게 페이스북을 알려 달라고 했다. "요즘엔 뉴스를 다 거기서 본다며?" 할아버지와 함께 페이스북 계정을 만든 뒤, 당시 다니던 회사의 페이스북 페이지도 보여 주었다. 할아버지가 글을 남기고 싶다고 해서, 내가 대신 회사 페이스북 게시물에 댓글을 달았다. 지금도 그 댓글은 남아 있다.

"안녕하세요. 달님이 할아버지입니다."

이렇게 헤어지기도 하고

병원에 온 뒤 놀랐던 일 중 하나는 할머니 할아버지가 보여 준 서로에 대한 애틋함이었다. 지금껏 지켜본 그들은 함께 사는 동안 자주 부딪쳤고, 서로를 좋아하는 부분보다 참아 주는 순간이 더 많아 보였기 때문이다. 그래서 아버지가 "두 사람 떨어져 있어도 괜찮을까?" 물었을 때도 크게 걱정되지 않았다. 두 사람은 서로가 맘에 안 들어 언성을 높이고 나면 꼭 내게 이르듯, 나니까 네 할아버지랑 살아 주는 거다, 네 할머니 고약한 성질은 나니까 참고 사는 거다, 말하곤 했으니까.

할아버지 주치의의 면담 요청으로 병원에 갔던 날, 의사는 내게 할아버지 병실이 있는 6층 병동 CCTV 화면을 보여 주었다. 흑백 화면 속 할아버지는 엘리베이터 앞을 서성이고 있었다. 찍힌 시간은 새벽 2시. 수면제를 처방받고 잠이 든 할아버지가 반수면 상태로 병실에서 걸어 나와 엘리베이터를 타려 했다고 의사는 설명했다. 잠시 후 잠들었던 보호사가 뛰쳐나와 할아버지를 부축해 병실로 들어가는 모습까지 화면에 찍혀 있었다.

"보호사가 어디 가시느냐 물었더니 할머니를 보러 가야 한다고 하셨다네요."

주치의 말에 마음이 따끔했다. "어떻게 하면 좋을까요?" 라고 물으려는데 주치의가 먼저 이야기를 꺼냈다.

"할아버지가 불안해하시는 것 같으니 두 분이 같은 층을 쓰실 수 있도록 빠른 시일 내에 병실을 옮겨드릴게요. 보호자 분은 할아버지를 잘 다독여 주세요."

병원에 있으면 의사의 말이 모두 처방처럼 느껴지는데 그날도 그랬다. 주치의 상담이 끝난 뒤, 할머니 병실로 갔다. 할머니를 휠체어에 태우고 할아버지를 만나러 갔더니 두 사람은 어제도 봤으면서 오랜만에 재회를 한 사람들처럼 손을 잡고 인사를 나눴다. 할머니는 할아버지가 자신보다 기억력이 더 없는 줄 알고 "여보, 내가 누군지 알겠어요?" 묻고 할아버지는 고개를 끄덕이며 눈물을 글썽였다. 그 후로도 두 사람의 만남은 비슷했다. 할머니는 반가워하며 두 손을 잡고, 할아버지는 매번 목이 메 말을 잘 못했다. 그들을 지켜보면서 '뭐야, 두 사람 이렇게 서로 애틋했어?' 생각했다.

부부가 함께 산 세월은 무시 못 하는 거라고
누군가 농담처럼 했던 말도 떠올랐다.
정말 그런 걸까.

나는 가족 외에 그 누구와도 1년 이상 살아 본 적 없으니까 살을 부대끼며 쌓은 세월이 무엇인지 모를 만도 했다.

며칠 뒤 병원을 찾은 아버지에게 할아버지가 할머니를 볼 때마다 운다는 이야기를 전했더니 아버지가 말했다.

"남자가 자기 여자도 못 지키니까 그게 속상한 거야."

아버지는 그 말을 해 놓곤 자기도 우스운지 웃었다. 어딘가 쑥스러워 보이기도 했다. 아버지도 속으론 '우리 아버지가 정말 그렇단 말이야?' 생각한 건 아닐까. '남자가', '여자가'로 시작하는 말에 반감을 가지는 편이지만 할아버지를 내 할아버지가 아니라 한 사람의 남편, 한 남자로 생각하니 어쩐지 뭉클해지기도 했다.

입원 후 4개월이 지나 할아버지 퇴원이 결정된 후, 할아버지는 할머니도 함께 집으로 데려가겠다고 했다. 당시 할머니는 신장 염증 치료를 하며 소변줄을 사용하고 있었고, 대학병원 검진도 몇 차례 남아 있었다. 게다가 전보다 거동이 더 불편해진 할머니가 할아버지의 도움으로 생활할 수 있을지, 할아버지의 건강이 갑자기 다시 나빠지진 않을지 염려가 되어 할머니의 퇴원은 보류되었다.

먼저 집으로 돌아간 할아버지는 몇 달간 할머니의 퇴원만 기다렸다. 그사이 할머니의 대학병원 치료도 마무리되고 있어서, 할머니가 원한다면 퇴원 문제를 다시 고려해야 한다고 생각하고 있었다.

하지만 할아버지 퇴원으로 허전해할 줄 알았던 할머니는 혼자 남은 병원 생활에 잘 적응해 갔다. 어느 날 혹시 집으로 가고 싶지 않냐는 내 물음에 할머니는 답했다. "너만 괜찮다면 나 계속 여기 있어도 될까?" 병원에 있고 싶은 이유가 뭐냐고 물었더니 할머니는 속 시끄러울 일이 적다고 말했다. 나도 가까이 살아 자주 볼 수 있고, 여기 간호사들은 자신의 기분을 살펴 준다고. 기분이 안 좋으면 왜 안 좋은지 물어 주고, 저번엔 복지사가 열 손가락에 매니큐어를 칠해 주었는데 그 시간이 무척 좋았다고 했다. 할머니는 평일엔 물리치료, 노래 교실, 그림 교실에 참여하고 주말엔 교회 예배를 다녔다. 할아버지는 전혀 흥미를 보이지 않았던 여가 프로그램에 참여하는 동안 할머니의 시간이 잠깐씩 떠들썩해졌다. 어차피 집에 있으나 여기 있으나 자유롭지 못한 건 매한가지니까 차라리 여기 있고 싶다던 할머니는 언제는 노래 교실에서 1등을 했고, 언제는 그림을 잘 그린다고 칭찬받았다며 자랑을 하곤 했다. 병원에 있는 동안 할아버지는 자아가 눌리는 것 같았는데, 할머니는 자아가 자라나 생기가 도는 순간이 자주 생겨났다. 대체로 능동적이었던 할아버지와 수동적이었던 할머니가 살아온 삶의 방식이 달랐기 때문일까. 병원의 시간을 다르게 받아들이는 게 신기하게 느껴졌다.

할아버지가 퇴원한 지 두 달 정도 지난 봄이었다. 어느 주말 할아버지가 아버지와 함께 병원으로 왔다. 외식을 하고 산책을 하던 중 할아버지가 할머니의 휠체어를 밀겠다고 해서 한 발짝 떨어져 걸어가고 있었다. 얼마 전 다리를 다친 할아버지가 절뚝이며 걷는 모습이 보였다. 벚꽃이 한창일 때라 산책하는 사람들이 많았다. 두 사람의 속도에 맞춰 느리게 걸으며 떨어지는 꽃잎들을 보았다. 할머니가 물었다. "우리 집에도 벚꽃이 폈어요?" 할아버지가 반가워하며 답했다. "아직 안 폈다. 이제 목련 폈는데." "아. 목련 예쁘겠네." 할머니도 고개를 들어 떨어지는 꽃잎을 구경했다. 할아버지가 말했다.

"여보. 이제 집으로 가자. 병원은 무덤이야.
당신이 병원에서 죽는 날만 기다리며 살게 할 순 없어."

할머니는 담담하게 말했다.

"늙었으니 어쩔 수 없는 일이에요."

할아버지는 달래듯 말했다.

"당신이 집으로 오면 당신 입맛에 맞게 밥도 차려 줄 거고. 당신 치료해 줄 약도 다 사 놨어. 앞집 한씨네 알제? 그 집 형님이 치매가 왔는데 한약 먹고 싹 다 나았는기라."

할머니는 대답이 없었다. 할아버지는 할머니가 잘 듣지 못했나 싶어 몸을 더 숙여 말했다.

"여보. 고향에서 마지막까지 같이 살다가 죽자."

잠잠히 듣고 있던 할머니가 입을 뗐다. 지나가는 사람들 소리 때문에 잘 안 들리는지 할아버지가 휠체어를 멈추고 할머니의 말에 귀 기울였다.

"난 여기 있을 거예요. 평생 나 때문에 고생한 당신, 더 고생시키기도 싫고. 당신도 내가 없는 게 나을 거예요. 남은 생은 나 하고 싶은 대로 하게 해 줘요."

할아버지 얼굴에 실망감이 스쳤다. 나도 놀란 대답이었다. 할아버지는 휠체어를 다시 밀며 목이 멘 목소리로 말했다.

"당신이 그렇다면 어쩔 수 없지."

그래야 할 것 같아 두 사람의 대화를 못 들은 척, 여전히 한 걸음 떨어진 채 따라 걸었다. 할아버지가 어떤 마음일지 신경이 쓰였다. 산책을 마치고 차에 올라탄 할아버지는 조수석에 앉아 고개를 숙인 채 울었다. 아버지도 말없이 시동을 걸었다.

그날, 할아버지는 집으로 돌아가기 전 할머니의 손을 잡았다. 할머니는 미소 지으며 "여보, 건강하세요"라고 말했다.

할아버지가 혼자 있을 넓은 집을 생각했다.

한때는 세 사람이 함께 살았던 집.
비록 할머니가 느끼기엔
때로 자신의 기분을 보살피지 못하고,
섬세함이 부족한 다정이었을지 몰라도 그곳에서
할아버지는 자신이 할 수 있는 최선을 다해
할머니를 보살폈다.

긴 시간 할머니의 밥, 이발, 병원, 목욕 모두 할아버지의 몫이었으니까. 할머니가 할아버지에게 더 많이 의지하고 산다고 생각했는데, 할아버지 또한 할머니를 돌보며 많은 마음을 기대고 산 듯했다. 할아버지는 할머니가 필요해 보였지만, 할머니는 오히려 담담하고 홀가분해 보이기도 했다. 사람의 관계란 이다지도 이상하다. 두 사람의 좋았던 날들과 나빴던 날들이 떠올랐다. 돌아보는 관계들이 대개 그러하듯 좋았던 날들의 기억이 더 힘세게 느껴져 마음을 묵직하게 눌렀다.

자신이 만든 반찬을 입에 넣는 할머니 반응을 살피던 할아버지 얼굴이나 불 꺼진 방 나란히 침대 등받이에 기댄 두 사람 얼굴에 일렁이던 텔레비전 빛. 밥을 먹고 나면 할머니가 챙겨 주던 할아버지의 약들과 수북한 약을 입에 넣던 할아버지의 모습. 얼마 안 가 "내가 약을 먹었나?" 물으면 "당신 아까 먹었잖아요" 하고 웃음이 터지던 장면.

하지만 분명 함께 사는 동안 그늘도 있었다. 지금 할머니에겐 그늘이 더 크게 남아 있는 거겠지.

죽음 외에 두 사람의 이별을 떠올려 보지 못했는데 이렇게 헤어지기도 한다. 다시 함께 잠들지 못할 거란 생각은 여전히 아프지만, 각자의 몫으로 이별을 받아들이며 살아가야겠지.

보호사와 보낸 시간

병원에서 가장 바라게 되는 행운은 좋은 보호사를 만나는 일
이다. 그들은 내가 없는 곳에서 부모의 하루를 돌보는 타인
이고, 그들이 신뢰할 수 있는 사람인가, 아닌가에 따라 부모
의 삶은 물론이고 나의 일상 역시도 많은 영향을 받기 때문
이다.

　부모가 병원에서 잘 지내고 있을 거라는 믿음은 자식에
겐 일상을 살아가는 데 가장 필요한 안도가 된다. 그런 이유
로 나도 할머니 할아버지의 담당 보호사와 최대한 잘 지내려
고 노력했다.

내가 없는 시간에도, 내가 있는 것처럼
부모를 잘 부탁한다는 마음을 담아서였다.
때론 그 마음이 부담이 되길 바라기도 하면서.

　　병원에서 많은 보호사들을 만났다. 할머니의 병실이 여
러 번 바뀐 이유도 있지만, 오래 근무하는 보호사가 없어서
기도 했다. 처음엔 왜 이렇게 자주 보호사가 바뀔까 생각했
는데, 가까이서 그들을 지켜보며 수긍하게 되었다. 한 명의
보호사가 감당해야 하는 노동 시간과 강도가 과하게 느껴졌
기 때문이다. 요양병원 보호사 일은 24시간 상주를 바탕으로
환자의 생활 전반을 돕는다는 면에서 많은 체력을 요했고,
그와 함께 다양한 사람을 대하는 감정 노동도 필요로 했다.
남성과 여성 모두에게 쉬운 일이 아니지만, 실제로 병원에서
만난 보호사들은 여성 보호사가 남성보다 훨씬 많았다. 의아
한 점은 내가 경험한 병원에선 남성 보호사 중 한국인이 아
무도 없다는 점이었는데, 그들은 모두 조선족이었고 나이도
40대에서 60대로 여성 보호사와 비교해 젊은 축에 속했다.
　　남성 보호사들은 내가 병원에 다니는 동안 바뀌는 일이
거의 없었다. 한때 할아버지 담당 보호사였던 사람은 아내와
같은 병원에서 일을 하고 있었는데, 이곳에서 몇 년 고생해
아파트를 사는 게 목표라고 말했다. 어느 정도 일에 익숙해

졌고, 한국에서 이 정도 급여를 주는 일자리를 구하기 어렵다고 했다. 그에 반해 병원에서 근무하는 여성 보호사들은 대부분 한국 여성이고 평균 연령도 높았다. 주로 60세 이상이었고, 80세 이상도 있었다. 자신과 비슷한 나이의 환자를 돌보는 노동을 하는 것이다. 학력과 경력, 나이에 상관없이 진입 장벽이 낮고 상대적으로 높은 금액의 돈을 벌 수 있는 직업. 그들을 보며 보호사라는 직업을 필요로 하는 이들이 어떤 이들인지 짐작할 수 있었다.

보호사의 하루는 바쁘게 흘러간다. 요양병원의 보호사는 직영이 아닌 파견직이고, 24시간 입주가 기본 근무조건이다. 그들은 병실 한쪽에 마련된 접이식 간이침대에서 환자들과 같이 자고 일어난다. 8인실 병동이라 한 명의 보호사가 최소 여섯 명에서 여덟 명의 환자를 맡는다.

환자의 상태에 따라 노동 강도도 달라지므로 힘든 환자는 반기지 않는 편이다. 기저귀를 사용하지 않고 스스로 걸을 수 있는 할아버지는 수월한 환자, 할머니는 힘든 환자에 속했다. 한 보호사는 할머니의 입원을 표 나게 싫어해서 아버지가 크게 항의했고, 병원의 사과로 일단락되기도 했다.

보호사에게 가장 중요한 일과는 하루 세 번 식사 시간이다. 환자를 앉히고 앞치마와 틀니, 물을 챙겨 주는 식사 준비를 마치면 환자의 상태에 따라 보호사의 역할도 조금씩 달라진다. 식판을 가져다주는 걸로 끝나는 환자도 있고, 곁에서 식사를 보조하거나 처음부터 끝까지 먹여 줘야 하는 환자도 있다. 여덟 명의 식사가 동시에 이루어지고, 보호사는 환자들의 식사량을 기록해야 하기 때문에 식사 시간은 정신없이 흘러간다. 종종 환자들의 식사를 빠르게 해결하려는 보호사들이 있는데, 그럴 땐 환자의 식사를 돕는 일이 성가신 일을 처리하는 것처럼 느껴진다.

다음은 환자가 대소변을 본 기저귀를 가는 일이다. 하루에 몇 번 시간을 정해 놓고 갈아 주는 보호사가 있는가 하면, 환자가 원할 때 수시로 갈아 주는 보호사도 있다. 일주일에 한두 번 목욕을 시키고, 평일 오후엔 물리치료실과 프로그램실로 환자들을 데려다준다. 거동이 힘든 환자는 부축하거나 안아서 휠체어에 앉혀야 하기 때문에 체력 소모가 크다. 남는 시간에 병실 청소와 병실에 남은 환자들을 케어하고 틈틈이 쉬고 나면 오후 시간도 훌쩍 지난다. 동시에 감정적 소모도 함께 일어난다. 환자들의 병세와 성격, 요구사항이 모두 다른 데다 그중 공격 성향이 강한 치매 환자가 있으면 더 힘들어진다. 서로 감정이 상해 언성이 높아질 때도 있고, 환자에게 욕을 듣거나 맞는 일도 생긴다. 환자에게 어떤 상황이 생길지 모르기 때문에 그들은 병실을 벗어날 수 없고, 때문에 육체적으로나 정신적으로 재충전의 기회가 부족하다. 나는 그들에게 노동의 시간을 환기시킬 수 있는 틈이 필요하다고 생각했다. 환자들을 위해서라도 보호사의 몸과 마음이 지치지 않는 것이 중요하기 때문이다.

1년 가까이 병원에 다니는 동안 할머니의 보호사만 일고여덟 명을 만났다. 한 사람과 짧으면 며칠, 길면 3개월 정도를 함께 보냈다. 다행히 아주 나쁜 보호사는 없었지만, 기억에 남는 괜찮은 보호사들은 있었다. 그중 세 명의 보호사와 보낸 시간이 떠오른다.

하루는 병실에 갔더니 빨간 머리를 한 보호사가 새로 와 있었다. 이전 보호사가 며칠 만에 그만둔 모양이었다. 할머니의 보호자라고 인사하며 "여기 근처 사세요?"라고 물었는데, 그녀는 밝게 웃으며 대답했다. "나 중국 살아요." 아. 그제야 발음과 말투가 조금 다르게 들렸다. 그녀는 한국말을 그럭저럭 할 줄 알았는데 '안 한다'는 꼭 '아니 한다'라고 발음했다. 영화에서 조선족 역할을 맡은 배우들이 그러는 것처럼. 그녀는 다른 보호사들에 비해 게으른 편이라 간호사들의 지적을 받는 일이 종종 있었지만 할머니를 잘 안아 주었고, 따뜻하게 대해 주는 사람이었다.

둘의 대화는 가끔 재밌게 흘러갔는데 할머니는 잘 못 듣고, 그녀는 발음이 명확하지 않아서였다. 어느 날 친구와 함께 병실에 갔더니 할머니가 기분이 좋았는지 보호사에게 내 친구 자랑을 했다. 그러면서 애도 내 딸이었으면 좋겠다며 "닮았죠?"라고 물었다. 보호사는 "딸이야? 아니 닮았어"라고 대답했는데, 할머니는 활짝 웃으며 말했다. "그렇죠? 닮았죠?" 그 말에 보호사가 갸우뚱하며 "아이 닮았어" 하니 할머니는 또 말했다. "맞아요. 닮았어요." 결국 주변에 있는 사람들 모두 웃음이 터졌다. 보호사는 가끔 중국에 있는 딸과 영상통화를 했고 화면 속 손을 흔드는 손녀딸을 보여 주기도 했다. 나는 그런 그녀가 좋았는데, 얼마 안 돼 일을 그만두었다. 간호사가 말하길 본래 허리가 안 좋았는데, 일을 하면서 허리 통증이 더 심해져서라고 했다. 나는 그녀에게 마지막 인사를 '아니' 한 것이 내내 아쉬웠다.

다음에 만난 보호사는 짧은 파마머리와 언더 아이라인 문신을 한 사람이었다. 칠십은 넘어 보이는 보호사는 첫인상이 불친절해 한동안 그녀의 태도를 경계하며 지냈다. 그녀는 환자와 가끔 말다툼을 하고, 옆에 앉아 텔레비전 좀 같이 보자는 환자의 청을 무안하게 거절하기도 했다. 한 달 가까이 지나자 그녀가 본래 무뚝뚝한 사람이라는 게 느껴졌다. 그럼에도 그녀에겐 다정한 구석도 많았는데 보호자가 잘 찾아오지 않는 환자의 손발톱을 깎아 주기도 하고, 종종 머리카락도 직접 깎아 주었다. 어느 주말에 병실에 갔더니 그녀가 다른 할머니의 목에 가운을 두르고 이발을 해 주고 있었다. 그

풍경이 조금 신기해서 "미용 자격증도 있으세요?"라고 물었더니 그녀는 대수롭지 않게 말했다. "아니예. 그냥 깎는 겁니더." 그러면서 "그 집 할머니도 내가 깎아 주따 아입니꺼"라고 말했다. 얼마 전 할머니 머리가 깔끔해진 걸 보고 미용 봉사자가 다녀간 줄 알았는데 보호사의 솜씨였단 걸 뒤늦게 알았다. 할머니의 머리는 늘 할아버지가 이발해 주었는데, 할머니는 보호사가 깎아 준 머리도 마음에 드는 모양이었다.

그녀가 귀엽다고 생각했던 적도 몇 번 있었는데 그녀가 먹는 걸 좋아하는 모습을 볼 때였다. 식사 시간이 되면 활기가 생겼고, 보호자들이 챙겨 준 간식을 먹거나 믹스커피를 마시는 걸 좋아했다. 설날 연휴, 점심 식사를 마치고 온 그녀가 급식으로 나온 튀김을 봉투에 잔뜩 담아 왔다. 그날은 몇몇 할머니들이 외박을 나가서 병실이 썰렁했다. 그녀는 남은 할머니들에게 자신이 싸 온 튀김을 나눠 주었다. "보니깐 할매들 밥엔 튀김이 안 나왔대? 하나씩 먹으이소." 할머니는 고맙습니다, 하곤 고구마튀김을 맛있게 먹었다. 할머니의 입 주변과 손끝이 기름으로 반질거렸다. 그녀는 내게도 먹으라며 튀김을 건넸다. 그해 설날에 먹는 첫 튀김이었다. 무뚝뚝한 얼굴로 튀김을 집어 먹는 그녀를 보면서, 보기보다 정이 많은 사람이라는 생각이 들었다.

그녀와 3개월을 보낸 2월 마지막 주, 처음 보는 얼굴의 보호사가 병실에 와 있었다. 한 달에 두 번 정도 보호사들의 휴일이 있었으므로 임시 보호사가 온 줄 알았는데 다음 날에도 새 보호사가 있었다. 그분에게 이전 보호사는 혹시 그만두신 거냐고 물었다.

"몸이 아파서 그만뒀다 아입니꺼. 그 사람이 보기보다 나이가 많거든."

"아, 정말요? 인사도 못 했는데 갑자기 그만두셔서 서운하네요."

"어차피 우린 직영도 아이고 일용이거든. 퇴직금도 없고. 그만두는 데 미련이 없어요."

할머니는 정이 들었는지 서운함을 감추지 못했다. 처음엔 쌀쌀맞은 사람인 줄 알았는데 나중엔 자기 이야기를 참 잘 들어 주던 사람이었다고. 밥 먹을 때도 알아서 다 챙겨 주고, 저녁엔 중간 등도 알아서 꺼 주던 사람이었다고. 그녀가 그만둔 자리에 믹스커피 몇 봉지가 남아 있었다. 얼마 전 내가 사다 준 믹스커피였다.

다행히 다음에 온 보호사도 좋은 사람이었다. 젊어 보였는데 알고 보니 여든 살, 할머니와 동갑이었다. 그녀는 스스로 직업에 대한 자부심이 강했다. 20년 경력의 베테랑이라 병원에 있는 그 누구도 자신만큼 잘할 수 없을 거라고 했다. 그녀는 정이 많고 살뜰한 사람이었다. 환자들에게 곁을 내줄 줄 알았고, 부지런했다. 할머니도 자신에게 정을 붙이는 보호사를 좋아했다.

그녀는 자신의 이야기를 하는 걸 좋아했다. 자신도 제 손으로 손자를 키웠다며, 손자에 관한 같은 이야기를 몇 번이고 들려주었다. 그녀의 표현대로라면 하루에 몇 번을 '씻어 조지는' 손자는 지금 경기도에서 택배 상하차 관리직으로 일을 한다고 했다. 2교대로 일하는데 돈도 잘 번다고, 그녀는 이렇게 자랑하곤 했다. "요즘 취직하기가 을매나 어려운데 이 정도면 성공한 거 아이가? 아가씨 안 맞나?" 그녀는 나를 볼 때면 손자 생각이 난다며 잘해 주었다. 병원은 세탁기가 따로 없어서 할머니 내복과 수건을 집에서 세탁해 와야 했는데, 그녀는 종종 자신의 빨래와 함께 손빨래를 해 주었다. 퇴근을 한 뒤 병원에 갈 때면 밥은 먹었냐, 자주 오지 마라, 할머니는 나한테 맡겨라, 라고 등을 쓸어 주었고 하루는 나를 붙잡고 울기도 했다. 그녀는 내 팔을 붙잡고서 말했다. 아가씨야, 니 인생을 살아라. 니는 너무 젊고, 할 게 많다.

그 후 할머니가 요양원으로 가면서 그녀와도 헤어졌다. 그녀는 짐을 싸서 병실을 떠나는 나에게 잘 살라고 어깨를 두드려 줬다. 그녀가 스마트폰을 보여 주며 알람 맞추는 법을 알려 달라고 했던 날이 생각났다. 새벽에 알람이 안 울리면 잠에서 깰 수 없다고. 시간이 몇 시였더라. 새벽 5시 반이었나. 알람은 잘 울리고 있겠지? 3개월을 거의 매일 얼굴을 보며 지냈는데 그녀의 이름도 알지 못했다. 이곳에선 이름도 모르는 이들의 안녕을 자주 빌게 된다.

° 요양병원과 달리 요양원의 보호사들은 입주가 아닌 3교대 시스템으로 근무한다. 요양원은 법적으로 환자 2.5명당 보호사 한 명을 채용하도록 되어 있다. 한 명의 보호사가 한 병실을 맡는 것이 아니라 공동 간병 체제로 운영된다. 요양병원에 비해 근무시간이 적어 수입은 줄지만, 그만큼 힘도 덜 드는 환경이다. 가깝게 지낸 할머니의 담당 보호사도 내게 할머니의 요양원 입소를 권하며 말했다. 요양원 보호사들은 힘이 덜 드니까 환자들한테 더 잘해 준다고, 더 늦기 전에 요양원으로 옮기라고. 그녀의 말대로 요양원 보호사들의 첫인상은 훨씬 밝았다. 평균 연령도 낮고, 그만큼 건강해 보였다. 요양병원과 요양원의 차이가 있겠지만, 요양원의 보호사 근무 환경과 시스템이 차츰 병원에도 적용이 된다면 좋겠다고 생각했다.

그러니까 당신은 그런 사람

방 청소를 하다가 행거 아래 밀어 둔 커다란 검은색 봉지를 보았다. 뭐였더라? 생각하며 매듭을 풀어 보니 할아버지의 옷과 소지품이 들어 있었다. 몇 달 전, 요양병원에서 요양원으로 옮길 때 시설에서 반입되지 않는 소지품을 모아 돌려보낸 짐들이었다. 할아버지가 집으로 돌아갈 때 함께 보냈어야 했는데, 급한 대로 방 한구석에 둔 걸 잊고 있었다. 찾은 김에 잘 보이는 곳으로 옮기려 들어 보니 생각보다 무거웠다. 요양원에서 집으로 들고 오던 날에 낑낑대며 택시를 탔던 기억이 났다.

할아버지는 병원에서 개인 소지품이 가장 많은 환자였

다. 석 달 가까이 병원에서 지내는 동안 할아버지는 매일 필요한 게 생겼다. 전동 면도기, 일제 바리캉, 침대에 깔 폭신한 매트, 고구마를 깎아 먹을 과도, 방향제, 휴대용 라디오, 수면 바지, 효자손 등. 병실에 효자손이 걸려 있는 침대는 할아버지가 유일했다. 할아버지는 자신이 사용할 샴푸와 치약을 직접 고르고 싶어 했고, 간식을 살 때도 할머니는 카스타드만 고르는 데 반해 미숫가루, 누룽지, 유자차, 브라질너트, 과일 등을 다양하게 골랐다. 할아버지는 이상하게 종일 허기가 진다 했고, 나중엔 밥이 싱겁다고 참기름과 간장까지 사다 놓았다. 병원 바로 옆에 마트가 있지만 환자는 보호자의 동의 없이 외출이 안 되기 때문에 내가 매일 필요한 물건을 사 가거나 외출 허가를 받고 할아버지와 함께 마트를 다녀왔다. 그렇게 하나둘 늘어 간 짐은 결국 할아버지의 자리를 넘어 옆자리 할아버지의 침대 밑 공간까지 차지했다. 병원에서도 처음엔 주의를 주었지만 나중엔 포기하는 듯했다.

바닥에 앉아 봉지에 담긴 할아버지의 짐들을 꺼내 보았다. 반도 안 먹은 누룽지, 속옷과 양말, 손톱깎이와 손톱 다듬는 칼도 있었다. 하나씩 확인할 때마다 할아버지가 병원에서 쓰던 모습이 생각났다. 병실에 있을 땐 짐이 너무 많다고 생각했는데, 이제 보니 한 사람의 생활이 이보다 작을 수 있을까 생각이 들었다.

병원에서 환자들은 급격히 삶의 축소를 겪는다.
한 사람이 확보하는 생활공간은
침대 양옆으로 두 팔을 벌린 것보다 조금 넓고
그마저도 완전한 개인 공간은 아니다.

기저귀를 갈거나 환복을 하는 경우를 제외하곤 가림막을 거의 치지 않기 때문에 수시로 병실을 찾는 타인들에게 환자의 생활과 수치가 드러난다. 언젠가 할아버지의 병실을 찾았던 날, 기저귀를 가는 중인 한 할아버지 환자와 눈이 마주쳤다. 보호사가 깜빡했는지 가림막을 치지 않아 의도치 않게 하의를 탈의한 모습을 보게 되었는데, 할아버지는 스스로 움직일 수 없는 환자라 그저 보호사의 행동을 기다리고 있었다. 그 후로는 일부러 시선을 아래로 두고 병실에 들어갔다.

개인이 소유할 수 있는 수납공간도 넓지 않다. 할머니의 서랍장도 티슈, 기저귀, 속옷, 빗, 면봉, 약, 세면도구, 두유와 약간의 간식 정도로 공간이 가득 찼다. 병원에선 개인이 어떤 사람인지를 떠나 그 정도의 삶의 크기만 가질 수 있었다.

평생을 이어 온 식성이나 쌓아 온 취향도 고려되지 않는다. 병원의 규정에 따라 삶의 방식은 표준화되고 간소화된다. 그 안에서 모든 일이 일어난다. 물론 병원은 개인의 집이 아니므로 환자의 적응도 필요하다. 다만 요양병원은 일반 병원과 다르게 생활이 끼어드는 곳이고, 누군가에겐 마지막으로 주어진 삶의 공간이다. 그럼에도 환자가 느낄 당혹감과 소외감은 병원과 보호자의 입장에서 자주 간과하게 되는 점들이다. 생각해 보면 할아버지가 필요하다 말했던 것은 내가 삶에서 누리는 것들과 비교하면 최소한의 것들이다. 그럼에도 할아버지는 유별난 사람이 됐다. 그마저도 요구하지 않는, 다른 환자들은 어떤 마음인 걸까. 종종 개인 물건이 거의 없는 환자들을 볼 때도 있었다. 그들은 이곳을 잠시 머물다 가는 곳이라 생각하는 걸까. 10년 가까이 이곳에 있는 사람들은 어떤 삶을 살고 있는 걸까.

병원에서 요양원으로 시설을 옮길 때 할아버지의 소지품 중 대부분이 반입 금지되었다. 요양원에서 하루 두 번 간식이 제공되기 때문에 개인 간식은 허용되지 않고, 최소한의 수량으로 받아들여진 수건과 속옷엔 매직으로 할아버지의 이름이 적혔다. 공동 세탁기를 사용하기 때문이었다. 요양원은 입소 절차가 까다롭긴 했지만 요양병원보다 밝고 쾌적한 공간, 넓은 침실, 다양한 식단과 프로그램이 나를 어느 정도 안심하게 했다. 할아버지도 처음엔 마음에 들어 하는 듯했지만 그곳에서 며칠을 견디지 못했다. 먹고 싶은 것을 먹기 위해 허가를 받아야 하는 것과 짧은 산책도 누군가와 동행을 해야 한다는 점에 쌓여 간 불만은 어느 오후 입소한 어르신들이 모두 참여해야 하는 단체 음악 프로그램에서 폭발하고 말았다. 본인은 방에서 조용히 텔레비전을 보고 싶다는 이유였다. 결국 할아버지는 예상보다 일찍 퇴소를 했다. 할아버지에겐 더 쾌적하고 넓은 공간이, 더 많은 웃음과 친절이 필요한 게 아니었기 때문이다. 그때는 나도 스트레스가 심해 어떻게 모든 게 할아버지 마음대로 되느냐고 화를 냈는데, 시간이 흘러 이제야 그 마음이 조금 더 헤아려진다.

버릴 것은 버리려고 소지품을 정리하는데 수저통이 보였다. 할아버지는 병원에서 식사를 할 때도 자신의 수저를 사용하고 깨끗하게 씻어 보관했다. 그 모습을 떠올리자 할아버지가 원했던 게 무엇인지 단순하고 명확하게 느껴졌다.

밥을 먹을 때 자신의 수저를 사용하고 싶은 사람.
그러니까 할아버지는, 그런 사람인 거다.

그들의 안부전화

할아버지가 집으로 돌아간 후 두 사람은 가끔 전화로 서로의 안부를 묻는다. 보청기를 껴도 잘 듣지 못하는 할머니는 수화기 너머 들리는 할아버지 말소리를 자주 놓친다. 조금 더 잘 듣기 위해 스피커폰으로 통화를 해도 할머니는 옆 침대 할머니보다도 할아버지의 말을 잘 알아듣지 못한다. 두 사람의 대화는 대략 이렇게 흘러간다.

"많이 아프나?" 할아버지가 물으면 "여보, 어디 아프세요?" 할머니가 묻는다. 다시 "밥은 먹었나?" 할아버지가 물으면 "당신, 식사는 하셨어요?"라고 할머니가 걱정스레 묻는다. 답변 없이 질문만 이어진다. 어쩔 수 없이 옆에서 통역하듯 둘의 대화를 돕는다. "할머니, 할아버지가 밥 먹었냐고 물었어. 할아버지, 할머니가 식사 잘 챙겨드시래요." 그럼 둘이서 "아, 그래, 그렇냐" 하고 한 박자 늦은 대화를 한다. 어느 주말 수화기 너머 할아버지는 애틋한 목소리로 말했다. "아프지 마라. 집이 가차운 데 있으면 갈 건데 못 가 봐서 미안타. 약 빼묵지 말고 잘 챙겨 묵고." 울컥하는 할아버지 말을 들으면서 뭉클해지려는데 할머니는 알아들을 수 없다는 표정으로 나를 보며 말했다. "도대체 뭐라는 거냐?"

그렇게 끝나 버린 어느 날의 통화. 뒤늦게 할머니에게 할아버지의 말을 전해 줘도 할아버지가 어떤 말을 할 때 가장 힘주어 말했는지, 울컥했는지, 잠시 쉬었는지는 전해지지 않아서 나만 이렇게 할아버지의 애틋함을 기억할 뿐이다.

헤어짐의 길이

이제 병실과 복도에서 마주치는 얼굴들이 제법 익숙하다. 그
중 할머니와 같은 병실을 쓰는 환자들은 자주 보니 더 정이
든다. 할머니 오른쪽 침대에서 3개월을 보낸 경임 할머니는
할머니와 비슷한 시기에 같은 병실로 왔다. 팔십이 넘은 나
이. 마른 몸에 손을 떠는 경임 할머니는 기력이 없어 혼자선
식사도 걷는 것도 힘든 환자였다. 경임 할머니는 말투가 나
긋하고 친절한 사람이었고 할머니는 가까운 거리에 함께 먹
고 잠이 드는 말동무가 생겨 마음이 편해 보였다.

　　할머니는 자식들에게도 좋은 어머니였는지 삼남매가
번갈아 가며 매일 찾아와 옆에 앉았다 갔다. 반찬 솜씨가 좋

은 막내 딸은 집에서 싸 온 반찬을 우리 할머니에게 나눠 주었고 나는 가끔씩 경임 할머니의 잔심부름을 도왔다. 병실에 오래 입원한 할머니들은 서로의 침대를 집이라고 부르니, 경임 할머니네와 우리는 벽 하나 없이 옆집에 사는 이웃인 셈이었다.

경임 할머니는 내게 유난히 다정했다. 눈이 마주치면 매번 떠는 목소리로 "아가씨 왔어요?"라고 인사한 뒤 정해진 일과처럼 바깥 날씨를 묻곤 했다. 인사말이 아니라 정말 궁금해하는 표정이어서 바깥은 추운지, 따뜻한지, 비가 오는지, 바람이 부는지 알려드리곤 했다. 하루종일 비가 내리던 날, 퇴근 후 병원에 들렀을 때 경임 할머니가 걱정스러운 표정으로 내게 가까이 와 보라 했다. 무슨 일인가 싶어 침대 가까이 다가갔더니 할머니는 손을 뻗어 옷에 묻은 빗방울을 털어 주었다. 정작 나는 옷이 비에 젖은 줄도 모르고 있었는데. "고맙습니다" 인사하는 내게 경임 할머니는 말했다. "아가씨 비 맞으면 감기 걸리잖아."

어느 날엔 경임 할머니 부탁으로 믹스커피를 타다 드린 적이 있다. 경임 할머니는 떠는 두 손으로 종이컵을 감싸 쥐며 우리 아들은 내가 이걸 좋아하는지 모른다고, 커피를 천천히 나눠 마셨다. 양이 많아 남겨서 미안하다는 말과 함께. 그 후 할머니와 경임 할머니는 커피 한 잔을 두 잔으로 나눠 마시는 사이가 됐다. 병실을 나서다 돌아보면 경임 할머니도 우리 할머니와 같이 나를 보고 있었다. 할머니에게 간다고 마지막으로 손을 흔들면 경임 할머니도 웃으며 함께 손을 흔들었다. 그럼 손을 흔들다가 멈칫 경임 할머니를 향해 고개 숙여 인사를 했다.

경임 할머니의 치매가 점점 심해지는 과정을 지켜보았다. 가끔씩 멍해지고 짜증을 내던 할머니는 갑자기 빠르게 나빠진 뒤 다시 좋아지지 않았다. 어느 날엔 병실에 갔더니 경임 할머니의 오른쪽 눈 주변이 보라색으로 멍들어 있었다. 멍이 꽤 커서 보호사에게 무슨 일 있었냐고 물어보았더니 지난 새벽 혼자 화장실을 가려고 침대에서 내려오다 넘어졌다 했다. 그즈음 경임 할머니는 여러 번 침대에서 내려가려고 해 간호사와 보호사의 제지를 받았다. 몸을 가누지 못하는 경임 할머니는 낙상사고 고위험군으로 분류된 환자였고 비슷한 일이 반복되자 병원에서도 보호자에게 주의를 주었다. 병원에서 중요한 것은 환자의 안전이고 안전을 이유로 환자의 몸은 통제되었다.

경임 할머니의 자식들은 할머니의 이상행동이 계속될 경우 팔이나 다리를 침대에 고정시킬 수도 있다는 안내를 들었을 것이다. 할머니를 찾아온 아들이 당부하듯 말했다. "어머니는 이제 혼자선 못 걸어요. 걷다가 넘어지면 어떡하려고 그래요." "내가 왜 못 걸어? 내가 왜 맘대로 화장실도 못 가?"
경임 할머니는 처음으로 아들에게 화를 내며 말했다. 얼마
못 가 자식들의 부탁은 곧 절망이 됐다. 대변을 본 기저귀에
손을 넣고 보호사에게 욕을 하는 일이 잦아지면서 조금씩 지
쳐 가던 아들은 말했다. "어머니. 남들에게 함부로 대하면 안
된다고 어머니가 저에게 가르쳐 주셨잖아요. 저는 어머니가
가르쳐 준 대로 살아왔는데 어머니는 왜 이렇게 변하셨어
요." 경임 할머니는 아들의 말에 대답은 않고 집으로 돌아가
겠다며 소리를 쳤다. 이어 아들은 말했다.

"어머니. 여기서 조용히 계셔 주시면 안 될까요?
우리 다 너무 힘들어요."

　　모른 척 옆에서 휴지통을 정리하던 내 마음도 함께 철렁
였다. 아들의 말은 언젠가 나 역시 해 봤던 생각이었으므로.
그런 생각은 스스로에게 더 상처를 입힌다는 걸, 경임 할머
니 아들의 얼굴을 보지 않고도 알 것 같았다.
　　벚꽃이 피던 3월 말. 경임 할머니는 주말에 꽃구경을 하
러 집에 잠시 다녀온다고 했다. 할머니가 사는 아파트엔 벚
나무가 많아 봄이면 흐드러지게 피는데, 거실에 앉아 창을
내다보면 꽃잎이 아주 예쁘게 떨어진다고 했다. 예쁘겠다고,

잘 보고 돌아오시란 인사를 마지막으로 경임 할머니는 병원으로 돌아오지 않았다. 나중에 보호사에게 들으니 보호자와 마찰이 심해 병원에서 퇴원을 권유한 거라 했다. 아마 다른 병원으로 옮겼을 거라고.

경임 할머니가 떠난 뒤 커피를 나눠 마실 사람이 없어진 할머니는 한동안 우울해했다. 얼마 안 가 다른 할머니가 경임 할머니의 침대로 왔다. 아무 말도, 움직임도 없이 하루 종일 잠을 자는 할머니 환자다. 지금도 병실을 나서다 돌아볼 때면 문득 경임 할머니의 얼굴이 생각난다.

경임 할머니가 산다던 그 아파트는 나도 자주 지나가는 5층짜리 오래된 아파트다. 한창 벚꽃이 흩날리던 봄날엔 아파트를 지나가다 이런 생각을 하기도 했다.

할머니의 집은 저 창문들 중 어느 하나. 바람이 불고 경임 할머니가 앉은 창밖으로 벚꽃이 흩날린다. 할머니는 아들이 타다 준 뜨거운 믹스커피를 떨리는 손으로 홀짝이며 마신다. 설핏 요의를 느낀다. 방바닥을 짚고 일어나 넘어지지 않고서도 화장실을 다녀온다. 테이블에 두고 간 커피는 아직 따뜻해 김이 오르고 벚꽃은 여전히 흩날린다. 경임 할머니는 그 장면을 오래 바라본다.

아마 경임 할머니를 다시 만나는 일은 없을 것이다. 이곳에서 헤어짐은 영영인 것 같다.

일주일에 2,800원

초등학교 3학년이 되면서 하루 용돈이 500원에서 700원으로 올랐다. 3학년부터는 고학년이라는 이유였다. 아침마다 할머니가 챙겨 주는 700원을 주머니에 넣고 학교에 갔다. 500원짜리 하나와 100원짜리 두 개. 버스를 타러 뛰어갈 땐 주머니 속 동전들이 전보다 크게 짤랑거렸다.

용돈은 주로 학교 앞 작은 슈퍼 겸 문구점에서 썼다. 학교를 마치고 친구들과 슈퍼로 몰려가면 어제는 못 봤던 샤프심이나 캐릭터 모양의 지우개, 쉬는 시간에 친구가 먹던 사탕이나 새로 나온 과자들이 눈에 들어왔다. 다섯 명이 들어가면 꽉 차던 작은 슈퍼의 물건은 늘 고만고만했지만 그곳에 갈 때면 매번 새롭게 사고 싶은 게 생겼다. 200원 차이로 용돈이 500원일 땐 살 수 없던 것들도 선택의 범위 안에 들어왔다. 살 수 있는 게 늘어나는 건 즐거운 일이었다. 어쩌면 5학년이 되었을 땐 천 원을 받을 수도 있지 않을까. 쭈쭈바 꼭지를 빨아 먹으며 중학생, 고등학생이 되면 얼마만큼의 돈을 쓸 수 있을지 상상해 보곤 했다.

어느 날 병실을 찾은 내게 할머니는 천 원만 줄 수 있느냐고 물었다. 작은 목소리로 조심스레 묻기에 큰 부탁인 줄 알았는데 겨우 천 원을 줄 수 있냐니. 필요한 건 내가 사서 가고, 병원에선 환자가 직접 돈 쓸 일이 없어서 할머니에게 돈이 필요하리란 생각을 못 했다. 궁금한 마음에 할머니에게 천 원으로 무얼 하고 싶은지 물었다. 할머니는 쑥스러워하며 말했다.

"나도 헌금을 좀 내고 싶어."

할머니가 있는 병원은 천주교 재단에서 운영하는 곳이지만 기독교를 믿는 환자들을 위해 가까운 교회에서 봉사활동을 올 수 있도록 허용해 준다. 병원에 오기 전까지 불교 신자였던 할머니는 같이 기도하러 가자는 봉사자의 친절이 좋아 따라갔다가 밥을 먹기 전 두 손 모아 기도하는 사람이 되었다. 할머니는 말했다. "목사님이 헌금 내지 않아도 된다고 하셨는데 아무래도 그건 예의가 아닌 것 같아. 갈 때마다 좋은 말씀 해 주시고 먹을 것도 주시는데 천 원이라도 내고 싶어서." 기도 시간을 떠올리는 할머니 얼굴이 편안해 보였다. "할머니, 이렇게 쉽게 종교 바꿔도 되는 거야?" 농담하며 지갑에 있던 현금을 꺼내 할머니에게 주었다. 할머니는 그중 몇 천 원만 자신이 가지고 나머지는 돌려주었다. 많이 들고 있으면 잃어버릴까 불안하니 매주 필요한 만큼만 주면 좋겠다고. "고맙다. 잘 쓸게." 할머니는 환자복 상의 주머니에 돈을 넣고 옷핀으로 고정했다.

며칠 후 할머니는 냉장고에서 요구르트를 꺼내 달라고 했다. 내가 산 적 없는데 누가 주고 갔나 싶어 냉장고 문을 열어 보았다. 할머니 이름이 적힌 비닐봉투 안에 요구르트가 낱개로 들어 있었다. 누가 다녀갔어? 물었더니 할머니는 재밌는 이야기를 들려주듯 말했다. "일주일에 한 번 요구르트 파는 사람이 오거든. 그 아줌마가 노인들은 요구르트를 먹어야 소화가 잘된다 그러대? 그래서 열 개 샀어." "열 개에 얼마야?" "응. 1,800원." 냉장고 안엔 다른 할머니들의 이름이 적힌 봉투가 여럿 있었다. 요구르트 판매원이 오고 난 뒤 잠시 소란스러워졌을 병실 풍경이 그려졌다. 할머니는 직접 산 요구르트를 하루에 하나씩 꺼내 먹고 남은 건 자신의 기저귀를 갈아 주는 보호사에게 하나, 안부를 물어 주는 간호사에게 하나, 찾아오는 손님들에게도 하나씩 건넸다. 그렇게 두 달째 할머니는 더 쓰지도 덜 쓰지도 않고 한 주에 2,800원을 쓴다. 요구르트를 사고 남은 거스름돈이 모인 할머니의 동전지갑은 조용한 병실에서 이따금 짤랑거린다.

오랜 시간 집에서만 지냈던 할머니는 제 손으로 돈을 쓸 일이 거의 없었다. 주로 할아버지와 자식들이 사다 주는 것들을 먹고 쓰고 입으며 살아왔다. 내겐 커피 한 잔 사기도 힘든 2,800원이지만 할머니에겐 일주일 치의 소중한 기쁨이다. 사람들에게 "요구르트 하나 꺼내 먹어요"라고 이야기하는, 오늘은 다른 병실 할머니 헌금을 대신 내줬다고 자랑하는, 병실을 찾아온 친구의 어린아이에게 용돈을 꺼내 주는 할머니 얼굴에 스치는 반짝임을 본다. "내가 얼른 죽어야 네가 편할 텐데"라고 말하는 당신의 얼굴에서 오랜만에 사는 재미를 본다.

멈칫하는 것들

헝클어진 신발들 틈에서
나는 당신의 신발을 한눈에 알아본다.

-유진목, 〈사랑의 방〉에서

근처 호수를 걷다 문득 익숙한 향이 나서 발걸음을 멈췄다.
냄새가 나는 쪽으로 걸어가 보니 가로등 뒤편으로 모과나무
한 그루가 있었다. 자주 지나가는 곳인데 여기에 모과나무가
있었구나. 6월이라 아직 연두빛인 모과에서 은은하게 향이
났다. 반가운 마음에 그 자리에 서서 모과나무를 바라보았
다. 언젠가 이렇게 모과나무를 보고 서 있던 때가 생각나서
그 시간의 나와 지금의 내가 잠시 겹쳐지는 기분이 들었다.

어릴 때 살던 집 마당에 커다란 모과나무가 있었다. 이
사 오기 전부터 그 자리에 있던 나무였다. 동네 사람들에게
도 언제나 그 자리에 있던 나무였기 때문에 아무도 나무의

나이를 알지 못했다. 우리들이 알 수 있는 건 여름에 열린 모과가 가을이 되면 노랗게 익는다는 것, 그사이 비바람이 불면 채 익지도 않은 모과들이 후드득 떨어지기도 한다는 것이었다. 할머니는 모과를 주워다 깨끗이 씻어 집 안 곳곳에 방향제로 쓰고 할아버지 차 안에도 두고 그중 깨끗한 것은 모과차를 끓여 마셨다. 그래도 땅에 떨어진 모과는 많이 남아서 여름과 함께 천천히 썩어 갔다. 그즈음 집으로 돌아가는 길엔 먼 데서부터 달콤한 모과 냄새가 났다. 모과를 좋아한 적은 없지만 오래 보고 자란 덕분에 냄새 하나로 걸음을 멈추는 사람이 되었다.

모과나무뿐 아니라 나는 이런 것들 앞에서도 자주 멈칫한다. 예를 들면 누군가의 목발 소리. 길을 걷다가, 실내 공간에 있다가도 바닥에 닿는 목발 소리에 귀가 열린다. 길을 걸을 때 등 뒤에서 들리던 소리, 일정하게 톡 톡 바닥을 두드리다 조금만 쉬어 가자며 멈추던 할머니의 목발 소리가 불현듯 떠오르고, 그럴 일 없지만 어디선가 할머니가 걸어오는 건 아닌가 두리번거리게 된다. 휠체어를 타고 지나가는 사람을 볼 때도 어느새 숨죽인 채 그 사람이 잘 가는지 눈으로 좇게 된다. 아버지의 용달차를 닮은 도시가스 배달 차량을 보거나, 언젠가 할아버지의 모습이었을 공사장 인부들을 봐도 걸음이 느려진다.

어떤 것에 멈추는가, 지나칠 수 없는가는
내가 어떤 시간을 보내며 살아왔는지 말해 준다.
내가 멈추는 것들은 한때 내가 오래 보았던 것,
마음에 걸렸던 것들.

시간이 지나면 멀리서 보이는 요양병원 간판이나 환자
복을 입은 노인들, 혼자 밥을 먹는 어떤 노인의 등을 보면 자
주 멈칫하게 될 것이다. 그런 사람이 되어 간다.

할머니에게

할머니. 나야, 달님이.

오늘은 2019년 7월 4일 목요일. 지금은 밤 12시가 가까워지고 있고, 오늘 밤이 지나면 할머니는 집으로 돌아가게 될 거야. 잠시 펜을 내려놓고 손가락으로 세어 보니 할머니가 병원에서 지낸 지도 10개월이 흘렀네. 가을에 이곳으로 와서 지금은 여름이 되었어. 계절이 세 번이나 바뀌었다니 시간 참 빠르네.

할머니. 그동안 병원에서 지내느라 고생 많았지? 할머니는 기억할지 모르겠지만 병원에 오기 전 할머니 건강이 많이 안 좋았어. 가끔씩 나를 못 알아보기도 했는데, 기억나? 그땐 할아버지 건강도 갑자기 안 좋아져서 두 사람이 집에서 지내는 게 힘들었어. 매일매일 빠르게 나빠지기만 했으니까. 그래서 할머니를 내가 사는 곳의 병원으로 데리고 오게 된 거야. 그땐 그게 최선이라고 생각했거든. 할머니는 의료진의 도움이 필요했고 내가 매일 할머니를 보러 갈 거니까, 할머니를 책임질 거니까 괜찮아질 거라고.

지난 10개월 동안 많은 일이 있었지. 돌아보면 우왕좌왕하다 시간이 금세 흐른 것처럼 느껴지네. 어떤 준비도 없이 갑자기 다가온 상황에 적응하느라 할머니도 나도 힘든 일이 많았지만, 할머니가 안정을 찾아가고 이상행동 증세가 줄어드는 걸 지켜보면서 조금씩 견딜 수 있었어.

가끔 할머니는 말했어. "너를 너무 힘들게 해서 미안해, 내가 죽어야 네가 고생을 덜할 텐데." 있잖아, 할머니를 보살피는 동안 분명 좋은 날들도 있었어. 같이 산책을 나가고, 밥을 먹고, 이야기를 나누고. 어른이 된 후 가장 많은 시간을 함께 보냈지. 할머니를 병원에 두고 집으로 돌아오는 길이 매번 힘들었지만, 할머니가 병원 노래 교실에서 1등을 하고 그림도 잘 그리고 기분 좋게 지내는 모습을 보면 나도 안심하고 잘 살아갈 수 있었어. 나는 가끔 엄마와 친구처럼 지내는 친구들이 부러울 때가 있었는데, 물론 나는 할머니에게 좋은 친구가 되어 주진 못했지만, 그래도 우리 그동안 조금 친해진 것 같지 않아?

예전처럼 말이야.
이야기할 사람이라곤 서로밖에 없던,
내가 아이였을 때처럼.

　　그러니까 나에게 너무 미안해하지 말고, 슬프고 안 좋은 기억보다 좋았던 기억만 가지고 집으로 돌아갔으면 좋겠어. 나도 그럴 거니까. 할머니 마음 전부 헤아려 주지 못해 미안하고, 가끔 화내고 모진 말 해서 미안해.
　　오늘 오후에 마지막 산책을 하면서 할머니 머리칼이 바람에 흩날리는 걸 보는데 아, 여기 있는 동안 조금 더 자주 나올걸 그랬나 생각이 들더라. 일주일에 한두 번 하는 산책이 내겐 시간을 쪼개는 일이긴 했지만, 할머니에겐 일주일 중 바깥에서 보낼 수 있는 아주 잠시였을 테니까. 우리에게 산책할 날들이 더 남아 있다고 생각했는데 이렇게 갑자기 집으로 돌아가게 될지 몰랐네. 내가 원하는 만큼 시간이 머물지 않는다는 걸 늘 까먹고 살게 돼. 자주는 못 하겠지만 이제는 다른 곳에서 산책을 하자. 대신 여기서 본 풍경들이 오늘 오후의 여름빛처럼 할머니 마음에 환하게 남았으면 좋겠다.

할머니는 병원에서 나쁜 일이 생길 때면 보호사나 간호사가 그런 의도가 아니었음에도 할머니가 장애인이라 무시하는 거라며 화를 냈었지. 그런 할머니를 볼 때면 스스로에게 더 상처를 주고 있는 것 같아 답답하고 화가 났지만 한편으로 그동안 할머니에게 세상이 얼마나 불친절했나 생각했어. 할머니. 만약 누군가가 할머니를 장애인이란 이유로 무시하고 나쁘게 대했다면 그건 그 사람들이 못나고 부족한 것이지, 할머니 잘못이 아니야. 나는 한번도 할머니가 부끄러운 적 없었어. 그리고 나처럼 생각하는 사람들이 할머니 주변엔 훨씬 많다는 걸 알아줬으면 좋겠어. 나의 많은 친구들과 김 서방, 병원의 많은 간호사들도 할머니를 다 좋아했어. 꼭 기억해.

집에 가서 할아버지랑 싸우지 말고 잘 지내. 내가 보기에 할아버지는 할머니 생각보다 더 할머니를 의지하고 좋아하는 것 같아. 할머니가 그리워했던 거실 창가에서 보이는 바깥 풍경 마음 편히 보고, 할아버지와 함께 외롭지 않게 밥 잘 먹고. 언제나 그랬듯 기도 많이 해 줘.

무슨 일 있으면 전화해.

나도 그렇게.

2019년 여름, 할머니의 손녀. 달님이가.

다시 여름이다.

　할머니가 나를 알아보지 못했던, 할아버지가 아무것도 기억나지 않는다고 울던 여름으로부터 1년이 지났다. 지난 1년은 살면서 가장 빼곡한 시간을 보낸 날들이었다. 하루하루가 무겁게 남아 좀처럼 압축할 수 없을 만큼. 그사이 내가 지었던 표정과 마음이 쌓여 지금의 내가 되었다. 이 책의 첫 원고에 '이번이 두 번째 경험이라면 좋겠다'라고 적었는데 1년이 지난 지금 두 번째 여름을 준비하는 기분이 든다. 지나고 나니 이제야 보이는 것도 생기고 변화한 것들도 느낀다.

나는 조금 침착해졌다.

할머니가 집으로 돌아간 뒤 가장 먼저 한 일은 노인복지 용구를 신청한 일이다. 장기요양등급을 받은 노인은 생활에 필요한 복지 용구를 저렴한 가격 혹은 무료로 대여, 구입할 수 있다. 종류는 위치 추적이 가능한 치매 배회기부터 휠체어, 자세 변환 용구, 이동 욕조 등 다양하다. 할머니는 스스로 앉는 것이 힘들어져 병원에서 사용하는 전동 침대를 대여했다. 거실 창가 가까이 할머니 침대가 놓였고, 할머니 바람대로 고개만 돌리면 바깥이 내다보인다. 안방에 있던 텔레비전을 거실로 옮긴 뒤, 할아버지는 할머니 옆에 매트리스를 깔아 이불을 펼쳤다. 얼핏 보면 거실이 작은 병실 같다. 다행히 하루 세 시간 방문요양 서비스를 받게 됐고, 이동 목욕 차량도 월 2회 신청했다.

지난여름 요양병원과 요양원 차이도 몰랐던 나는 이제 제법 지원 정책을 찾아보는 데 익숙해졌다. 노인들이 받을 수 있는 돌봄 서비스가 낮고 깊은 곳까지 섬세하게 퍼져 있다고 생각진 않지만, 분명 도움이 되는 부분도 있다. 친구들에게 나중에 부모님을 간병할 때가 오면 궁금한 건 나에게 물어보라 너스레를 떨었는데, 정말로 그랬으면 좋겠다. 내가 아는 만큼은 그들을 도와주고 싶다. 주변에 도움을 청할 사람이 없을 때 가장 외로웠기 때문이다.

나는 전보다 노인의 삶과 죽음에 관해 생각한다.

지난 1년은 늙음 그리고 죽음과 가장 가깝게 지낸 시간 이었다. 병원에서 두 사람을 지켜보고 있을 때면 이곳이 문밖 과는 다른 시간이 흐르는 세계 같았다. 목적 없이 늘어지는 시간, 조용한 호흡으로 쌓여 가는 시간. 그들과 내가 공평한 하루의 시간을 보내고 있다는 게 종종 실감이 나지 않았다.

병원 밖의 나는 아침에 일어나 잠들 때까지 해야 하는 일과 하고 싶은 일을 하며 살았다. 바쁜 날엔 24시간이 부족 했고 아무것도 하지 않는 시간은 낭비 같았다. 친구들과 있 을 땐 큰 의심 없이 한 달 뒤, 몇 년 뒤를 이야기했다.

농담처럼 우리도 이제 나이 들었다는 이야기를 하면서,
사실은 우리가 아직 젊다는 걸 알았다.

언제 올지 모르는 '언젠가'에 약속을 걸기도 쉬웠다. 언 젠가의 나는 친구들과 작은 가게를 차리고, 좋아하는 사람과 아이슬란드로 긴 여행을 떠나고, 돈을 많이 모으면 제주에서 살아도 보고, 할머니가 돼선 친구들과 정기적으로 티타임을 가지게 될 거라고 상상했다. 적어도 몇 십 년의 시간이 내게 허락된 것처럼 느껴졌고, 젊은 내가 가질 수 있는 당연한 권 리 같았다.

어느 날 병원에 같이 간 사람이 말했다.

"여기선 뭐든 할 수 없다는 말만 듣게 되는 것 같아."

기저귀 대신 화장실에서 볼일을 보고 싶다는 환자와 보호사의 갈등을 보고 나서였다.

그 말을 듣고 마음이 서늘해졌다. 나 또한 할머니 할아버지에게 '할 수 없다'는 말을 자주 했기 때문이다. 혼자 밖으로 나갈 수 없어, 침대에서 내려올 수 없어, 집에선 아무것도 할 수 없어…….

걱정으로 한 말이었지만 그들이 여전히 하고 싶어 하는 일과 할 수 있는 일들에 대해선 중요하게 생각하지 않았단 걸 알았다.

내가 지켜본 환자와 병원, 환자와 보호자의 갈등은
대부분 '할 수 있다'와 '할 수 없다'의 싸움이었다.
그 싸움은 자신의 늙음을 미처 받아들이지 못한
환자 스스로의 싸움이 되기도 했다.

한동안 할머니가 내게 "내가 왜 혼자서 휠체어를 탈 수 없어?" "왜 내가 혼자서 화장실을 못 가?"라고 억울해했던 것처럼. 대부분의 환자들은 결국 '할 수 없음'에 지는 편이었고, 천천히 병원에서 죽어 갔다.

그들을 보며 무례하게도 나는 내가 바라는 늙음을 생각하곤 했다. 나는 노인이 된 내가 일상에서 격리된 채 무기력하게 죽어 가지 않고, 여전히 내가 할 수 있는 일을 하며 살아가는 존재였으면 좋겠다. 익숙한 곳에서 내가 어떤 사람인지 기억하는 사람들 곁에 머물고 싶고, 가족들이 개인의 무리한 돌봄으로 외롭거나 지치지 않기를 바란다. 사회 안에서 노인이 존엄을 잃지 않고 살아가는 다른 모습을 보고 싶고, 노인 스스로 선택할 수 있는 답안지가 지금보다 더 다양해지길 바란다. 그래야 젊음과 늙음이 대척점이 아닌 연장선이라는 걸 알고 두려워하지 않으면서 살아갈 수 있을 것 같다.

그리고 나는 내게 남은 것들을 헤아려 보게 됐다.

두 사람의 변화를 처음 맞닥뜨렸을 때 가장 초조했던 것은 내가 할 수 있는 일이 아무것도 없을까 봐였다. 결국 그건 나를 위한 걱정이었다. 드라마 〈디어 마이 프렌즈〉에는 간암 말기인 엄마와 여행을 떠난 딸이 화장실에 들어가 자신의 뺨을 때리는 장면이 나온다. 그녀는 말한다. "엄마의 암 소식을 처음으로 전해 들으며 나는 그때 분명히 내 이기심을 보았다. 암 걸린 엄마 걱정은 나중이고, 나는 이제 어떻게 사나. 나는 오직 내 걱정뿐이었다." 사실 나도 그랬다.

그들이 떠나고 후회하며 살아갈 내가 먼저 걱정됐다.
나중의 나를 위해서라도
그들에게 미리 용서받는 기분을 갖고 싶었다.

다행히 우리에겐 함께 보낸 시간이 남았다. 대체로 힘들었지만 지금이 아니면 겪지 못할 기회처럼 느껴지는 시간도 분명 있었다. 손에 쥔 염주알을 하나씩 굴리듯 두 사람이 내게 남긴 것들을 천천히 되짚어 본다. 이해란 시간이 필요한 일이고 결국 더 많은 날들이 지난 후에야 이 시간이 내게 준 의미를 더욱 정확하게 깨닫게 될 것이다. 내가 할 수 있는 건 지금 내가 보내는 시간이 언젠가의 나를 위한 시간이 되리라는 짐작뿐.

열어 둔 창문으로 여름이 새어 들어온다. 폭염이 지났으니 여름도 오래지 않아 꺾일 것이다. 우리가 한여름에 있다고 생각할 때 그때 여름은 오고 있는 것이 아니라 가고 있는 중임을 안다.

서른두 살 여름,
나는 나보다 50년 늙은 부모의
보호자로 살아가고 있다.

작별 인사는 아직이에요

It's Not a Time to Say Goodbye

ⓒ 김달님 2019

Printed in Korea

1판 1쇄 2019년 10월 30일
1판 2쇄 2020년 5월 15일
ISBN 979-11-89385-06-4
지은이. 김달님
일러스트. 김명
펴낸이. 김정옥
디자인. 풀밭의 여치
제작. 정민문화사
종이. 한승지류유통
펴낸곳. 도서출판 어떤책
주소. 03925 서울시 마포구 월드컵북로 400, 5층 1호
전화. 02-3153-1312
팩스. 02-6442-1395
전자우편. acertainbook@naver.com
블로그. acertainbook.blog.me
페이스북. www.fb.com/acertainbook
인스타그램. www.instagram.com/acertainbook

이 도서는 한국출판문화산업진흥원의 '2019년 출판콘텐츠 창작 지원 사업'의 일환으로
국민체육진흥기금을 지원받아 제작되었습니다.
파본은 구입하신 서점에서 바꾸어 드립니다.
이 도서의 국립중앙도서관 출판예정도서목록(CIP)은 서지정보유통지원시스템 홈페이지
(http://seoji.nl.go.kr)와 국가자료공동목록시스템(http://www.nl.go.kr/kolisnet)에서
이용하실 수 있습니다.
CIP제어번호. CIP2019041313

안녕하세요, 어떤책입니다. 여러분의 책 이야기가 궁금합니다.

블로그 acertainbook.blog.me
페이스북 www.fb.com/acertainbook
인스타그램 www.instagram.com/acertainbook

점선을 따라 가위로 오려서 보내 주세요. 우표 없이 우체통에 넣으시면 됩니다. ✂

보내는 곳

이름

주소

전화/이메일

우편요금
수취인 후납
발송유효기간
2020.7.1~2022.6.30
서울마포우체국
제40943호

도서출판 **어떤책**

a certain book

03925 서울시 마포구 월드컵북로 400, 5층 1호

점선을 따라 가위로 오려서 보내 주세요. 우표 없이 우체통에 넣으시면 됩니다. ✂

저희 책을 읽어 주셔서 감사합니다. 독자엽서를 보내 주시면 지난 책을 돌아보고 새 책을 기획하는 데 참고하겠습니다.

1. 《작별 인사는 아직이에요》를 구입하신 이유

2. 구입하신 서점

3. 김담님 작가에게 하고 싶은 말씀

4. 할머니 할아버지에게 하고 싶은 말씀

5. 출판사에 하고 싶은 말씀

보내 주신 내용은 어떤책 SNS에 무기명으로 인용될 수 있습니다. 이해 바랍니다.